串门京津冀

徐定茂　杨庆徽　主编

北京出版集团
北京出版社

图书在版编目（CIP）数据

串门京津冀 / 徐定茂，杨庆徽主编. — 北京：北京出版社，2024.8
ISBN 978-7-200-18637-6

Ⅰ.①串… Ⅱ.①徐… ②杨… Ⅲ.①散文集—中国—当代 Ⅳ.①I267

中国国家版本馆 CIP 数据核字（2024）第 104050 号

串门京津冀
CHUANMEN JING-JIN-JI
徐定茂　杨庆徽　主编

出　　版	北京出版集团
	北京出版社
地　　址	北京北三环中路 6 号
邮　　编	100120
网　　址	www.bph.com.cn
发　　行	北京伦洋图书出版有限公司
印　　刷	河北鑫玉鸿程印刷有限公司
开　　本	880 毫米 ×1230 毫米　1/32
印　　张	8.75
字　　数	150 千字
版　　次	2024 年 8 月第 1 版
印　　次	2024 年 8 月第 1 次印刷
书　　号	ISBN 978-7-200-18637-6
定　　价	88.00 元

如有印装质量问题，由本社负责调换
质量监督电话　010-58572393

亚洲及太平洋区域和平会议美术设计资料

為迎接亞洲及太平洋區域和平會議我們奉令參加美術設計工作並愉快地完成了這一光榮任務爰簽名留作紀念

張正宇
麥佩曾
京川哪
孫春蓮
滑田友

主席團証設計

（自 01 号編起）

註：1. 硬卡片製成，上繫絲帶，可以掛在衣襟上，亦可放在上衣小口袋內，驗証時取出。

2. "PRESIDIUM" 英文与俄文相同，故只用一行。

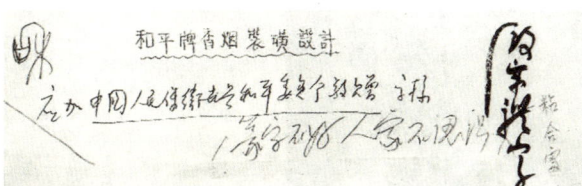

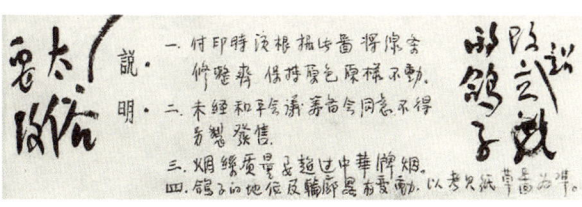

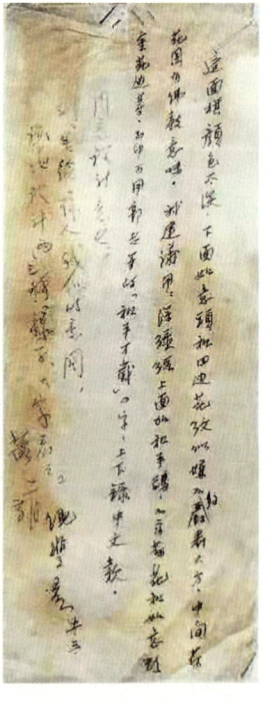

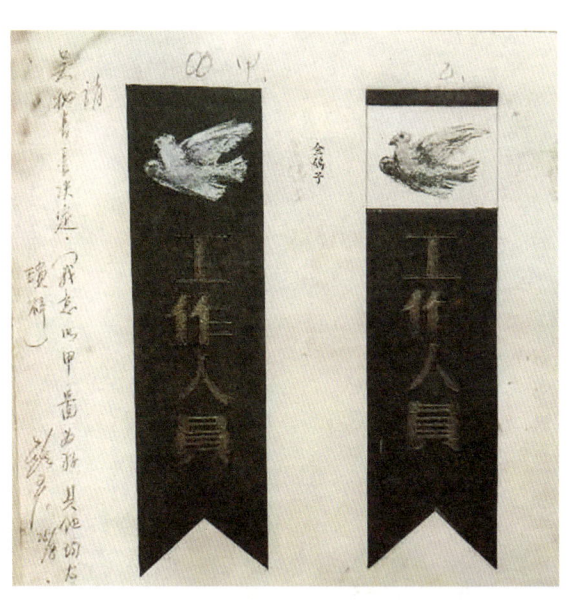

徐悲鸿的《马》

徐悲鸿的《猫》

柳琴（启琴）收藏中的启功先生书法作品

目　录

京

北京何时称"北京"……………………王培璐［3］

收藏中的亚太地区和平会议美术设计……徐定茂［6］

杨继盛故居与历史上的"公车上书"……徐定茂［15］

李鸿章祠…………………………………陆　宁［22］

张之洞的深宅大院………………………陆　宁［27］

消失了的南太平湖………………………王培璐［31］

消失了的北太平湖………………………王培璐［37］

徐悲鸿纪念馆……………………………杨庆徽［44］

最是达观快乐人——我眼中的启功先生……夏　欣［55］

启琴收藏中的启功书法作品……………陆　宁［66］

我的北京生活……………………………曹　炜［76］

怀念我的出生地——索家坟……………张铁华［82］

早霞之际…………………………………金丽娟［88］

我在北京当中医…………………………周　凡［94］

白　色……………………………………曲　光［99］

黄瓜园的陈老先生	赵笑荷	[104]
快乐人生	刘书和	[108]
老旧小区改造漫谈	曲　光	[117]
闲话北京的住宅小区	左　白　徐定茂	[121]
有关垃圾的处理问题	徐定茂	[132]
穿越古代的餐桌	王培璐	[141]
欲而不贪	陆　宁	[148]

津

庄王府	柳　琴（启琴）	[157]
我家就在"五大道"	徐定茂	[168]
话说小站	刘景周	[181]

冀

探访"五一口号"发布地，探寻那段影响深远的历史	刘心语	[197]
花花盖窝垛枕头	李志全	[201]
下花园区京张铁路纪念馆	杨洪春　高玉琴	[213]
那山，那海，那时候的人与事	王志毅	[220]
心向往之　一见倾承	卢亚男	[238]
高碑店豆腐丝	刘　霞	[250]
前世今生话白沟	刘　霞	[253]
中国古代的科考舞弊案	徐定茂	[259]

京

串门京津冀

北京何时称"北京"

王培璐

拥有三千年建城史,八百余年建都史的北京,谈论其名称的历史沿革是我们了解北京历史的一个方便法门。

公元前11世纪中期周武王灭商后,即分封了燕、蓟两个诸侯国。从此,北京的历史迈上了"方国都邑"的新台阶。西周至辽宋,北京地区先后被称为燕国、广阳、幽州、涿郡、燕京等。

辽大败北宋后,建立了五个都城,分别是上京临潢府(今内蒙古赤峰巴林左旗)、东京辽阳府(今辽宁辽阳)、中京大定府(今内蒙古赤峰宁城)、南京析津府(今北京)、西京大同府(今山西大同)。南京是相对于上京的位置而言的,从此拉开了北京都城历史的序幕。辽南京是在唐幽州城的基础上发展起来的,其社会发展程度、繁华富庶居辽五京之首。

金灭辽后,贞元元年(1153),海陵王迁都于此,改南京为中都。

元朝时改称"大都"。北京第一次成为全国的政治、经济、文化中心和国际交际中心。

1368年，徐达、常遇春攻克大都后，朱元璋把大都改称北平府，取"北方和平"之意。1403年，燕王朱棣通过靖难之变夺得皇位，以"顺应天意"之意改北平府为顺天府，称为"行在"。永乐十八年（1420），朱棣改北平为北京，昭告天下迁都北京。永乐十九年（1421），改北京为京师，不称"行在"。正统六年（1441），定为京师。

清兵入关后即进驻北京，也称北京为京师顺天府。顺天府行政长官为正三品府尹，隶属直隶省，但是从一品官职的直隶总督是管不了正三品官职顺天府府尹的，尤其管不了京师地面的事。

辛亥革命以后，北洋政府治下的1914年到1928年间，仍然以北京为都，"顺天府"改称"京兆地方"，随着北伐战争的开始与张学良的改旗易帜，奉系军阀所控制的京兆地方改归南京国民政府管辖。京兆地方因为不再是国民政府的首都，便被南京国民政府改称为"北平"。

1937年七七事变后，北平地方政务由"北平地方维持会"把持，日伪政府于1937年10月12日将北平改称北京，但是重庆的国民政府和在延安的抗日民主政府始终不承认这个日伪政府的决定。因此抗战期间，重庆的国民政府和在延安的抗日民主政府的文件中仍然将北京称北平。

1949年10月1日中华人民共和国成立，北京才真正称为北京，从此迎来了作为中华人民共和国首都的新时代。而台湾方面很多年都不承认大陆的行政区划,蒋经国时期台湾当局还称北京为"北平"。不过,如今台湾当局的媒体和教科书也已改口,称之"北京"了。

收藏中的亚太地区和平会议美术设计
徐定茂

七十多年前,北京市东城区金鱼胡同内邻近东口路北的地方,还是一片杂乱的院落。1952年为了接待来京参加亚洲及太平洋区域和平会议的国际友人,经政务院批准在这里修建了一座和平宾馆。宾馆由著名建筑师杨廷宝先生主持设计,郭沫若先生题写了馆名。宾馆部分占地原是清末重臣那桐的府邸,人称"那家花园"。杨廷宝在设计时保留了场地内一株榆树、一株槐树、一口井和部分院落住所。建筑整体外形既有传统的"大屋顶",又融入了现代的设计理念,堪称经典之作。

对此张寿崇先生在《那家花园话旧》一文中提到,那家花园是他祖父那桐琴轩相国的故居。这所宅院占地二十五亩二分九厘二毫,原有房廊三百多间。过去的旁门原是马号,院落很大,但没有整齐的房子。在1949年以前已变成出租的大杂院,这就是和平宾馆的所在地。张先生还强调,"保留下来有古槐一株,还有一口井。但是过去没有汉白玉围栏。因为建筑是不能越制的,汉白玉只有王府才能使用"。

1952年亚洲及太平洋区域和平会议召开的背景是由于美国片面制造对日和约，从而加速了日本军国主义的复活。另外美国侵略者破坏朝鲜停战谈判并在亚洲地区建立军事基地，准备发动更大规模的战争，亚洲及太平洋区域的和平与安全遭到严重威胁。因此当时著名和平人士宋庆龄、郭沫若、彭真等代表中国人民的意志，根据世界和平理事和国际和平保卫者的热诚建议，于1952年3月联名邀请亚洲及太平洋区域的和平人士共同发起了这次会议。1952年10月2日至12日，亚洲及太平洋区域和平会议在北京召开。参加会议的有三十七个国家的三百六十七位代表，还有列席代表和特邀来宾。会期十一天，共有一百一十二位代表和来宾发言。

会议在筹备宣言中提出，"和平不能坐待，和平需要爱好和平的人民团结起来争取"。因为和平是我们祖国从事大规模建设必不可少的前提条件，反对侵略战争，保卫和平，维护国家统一和民族团结是中国人民的最高利益。

为了庆祝这次盛会召开，中国原邮电部在会议开幕当天发行了一套纪念邮票。这套邮票编号为纪18，共四枚，是由张光宇、钟灵、曹肇基、孙传哲设计，孔绍惠、吴锦堂、贾志谦雕刻的，图案为和平鸽及亚洲太平洋区域图。

当年齐白石先生已是近九旬老翁，为了祝贺亚洲及太平洋区域和平会议的召开也准备创作一幅《百花与和平鸽》。老人讲，过去画过斑鸠而没有画过鸽子，于是就请人买来了一笼鸽子仔细观察。据胡佩衡父子在《齐白石画法与欣赏》一书中回忆，老人画鸽十分注意其神。白石老人认为，"画鸽要画出令人感到和蔼可亲，这样才有和平的气氛"，所以老人画的鸽子都是很安详的样子。

直到1955年6月，世界和平大会在赫尔辛基召开。郭沫若、廖承志以及第一任中国人民对外友好协会会长楚图南商定，为了响应大会"让全世界进步艺术家通过他们的艺术而对世界和平大会做出贡献"的提议，决定邀请齐白石、何香凝、陈半丁等十四位书画家共同创作了画有十五只鸽子的巨幅国画《和平颂》。到了2014年中国人民对外友好协会成立六十周年时，邮政部门再次发行了一套编号为2014-8的《和平颂》邮票。

与白石老人不同，当年张正宇、钟灵等一些年富力强的美术大师自始至终参加了1952年亚洲及太平洋区域和平会议的美术设计工作并留下珍贵资料。在柳琴女士珍藏的《亚洲及太平洋区域和平会议公报》及美术设计工作资料里，包括了会场临时搭建大门的设计图与效果图。会徽图样和会场各种证件的图样，文字说明以及倪斐君的批示等，还有纪念印章阳纹、阴纹、拓片式的三种图样。尤其珍贵的是当时还为会议特制了一种"和平"牌香烟。在烟盒装潢设计图案上可以看到"应加中国人民保卫世界和平委员会敬赠字样""篆字不好，人家不认识，改京楷字"的批示,还有对图样提出的"太俗要改""改站立的鸽子"等意见以及"未经和平会议筹备会同意不得另制发售""烟丝质量要超过中华牌烟"等说明事项。

这套资料系张正宇、麦佩曾、常沙娜、孙君莲、潘絜兹、钟灵"奉召参加美术设计工作并愉快地完成了这一光荣任务"从而"签名留作纪念"的,是为存世孤本。

资料收藏者柳琴,满族,曾任光明日报社主任记者,中国人民对外友好协会理事。曾有人建议她可将"和平"牌香烟盒的美术设计图案等高价转让,然而对于出身于爱国人士家庭的柳琴而言,收藏不是为了自娱自乐或谋取利益,收藏只是出于专业记者对历史文化知识的认知。每当茶余饭后,翻开画页,用心去感受美术前辈们出于对国家的热爱、对和平的向往而做出的努力时,也是一种内心的享受吧。

亚洲及太平洋区域和平会议美术设计资料

為迎接亞洲及太平洋區域和平會議我們奉召參加美術設計工作並愉快地完成了這一光榮任務爰簽名留作紀念

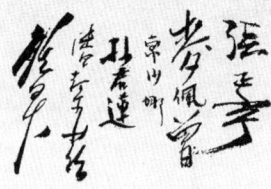

張正宇
麥佩曾 （京山哪）
孫春蓮 （廣東丰）
佳喬

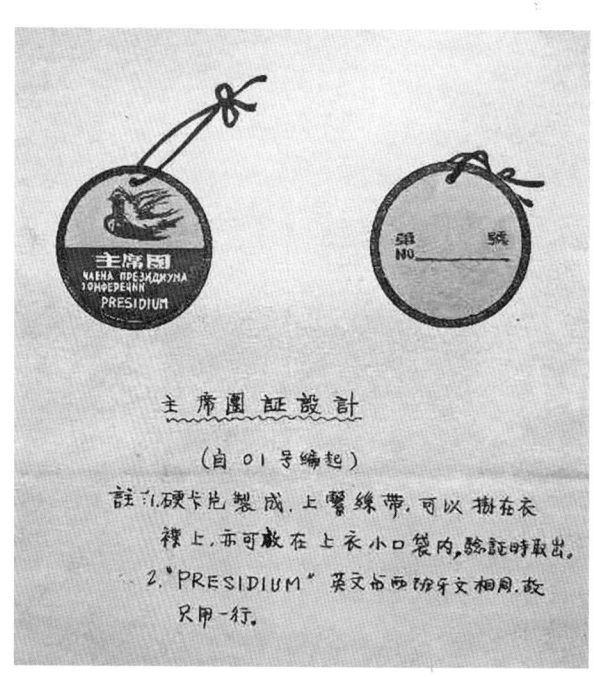

主席團証設計

（自01号編起）

註：1. 硬卡片製成，上繫綠帶，可以掛在衣襟上，亦可放在上衣小口袋內，驗証時取出。

2. "PRESIDIUM" 英文与西防早文相同，故只用一行。

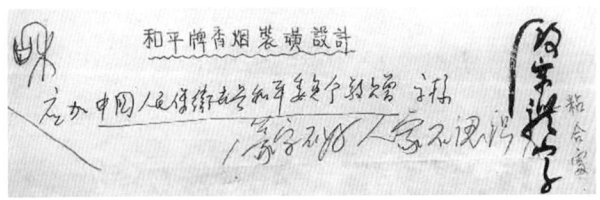

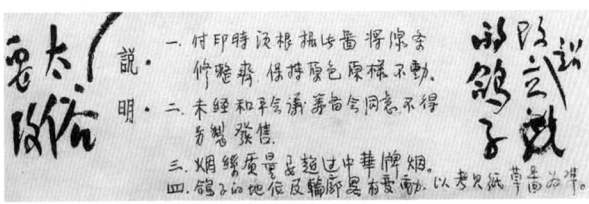

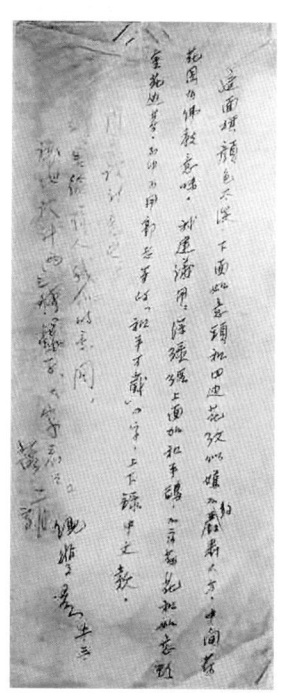

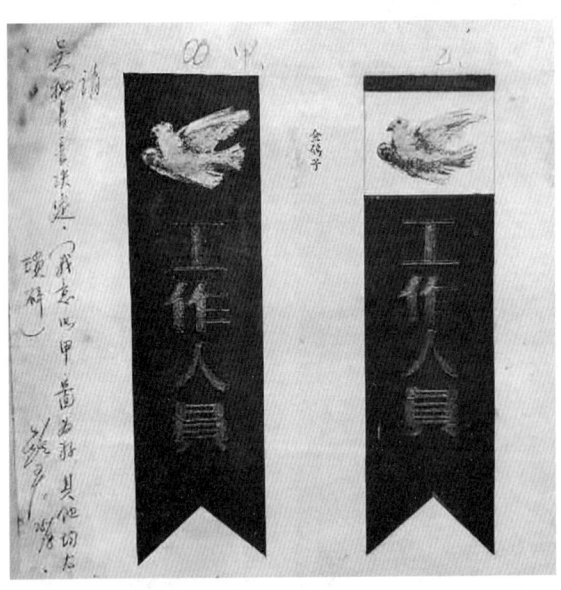

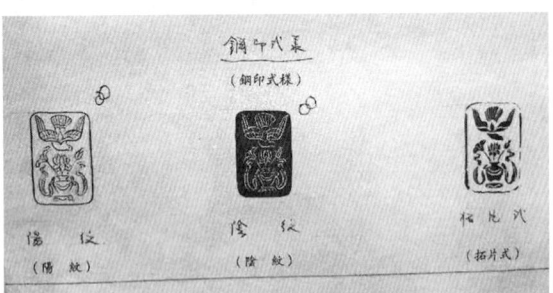

杨继盛故居与历史上的"公车上书"
徐定茂

达智桥胡同12号院名为松筠庵,亦名杨椒山祠。这里曾是明代著名谏臣、一代忠烈杨继盛的故居。

达智桥胡同在现西城区的西南部,东起宣武门外大街,西至校场五条。其实早期这里就是一条河道,河的交汇处有一座小桥。由于清初时这里曾有兵营驻扎,故被附近居民称为鞑子桥。再后来人口渐多,于是将河沟填平,逐渐发展成了胡同,即又叫作鞑子桥胡同,直至民国时期被更名为达智桥。随着1965年北京市整顿地名,此地才正式定名为达智桥胡同。

达智桥胡同12号院是杨继盛的故居。杨继盛,字仲芳,号椒山,明正德十一年(1516)生,直隶容城人。自幼丧母,少时常借放牛的机会站在学堂窗外认真听讲,后进入有国家补贴的国子监学习。考中进士后被分配到南京吏部,为六品主事,后为兵部员外郎。在此期间因写了《请罢马市疏》受贬职处分。不久后,因密谋开"马市"的大将军败亡,嘉靖皇帝想起了杨继盛的忠言,诏令其复官。先提升为知县，一个月后升南京户部主事，三天后再升刑部员外郎。随后入京到兵部武选司任职。然而杨继盛到职后不久，斋戒了三天，随后又写成《请诛贼臣疏》，"臣孤直罪杨继盛，请以嵩十大罪为陛下陈之"，来弹劾内阁首辅严嵩。不久便被严嵩投入刑部大狱，遭严刑毒打。待嘉靖皇帝批下"秋后处决"后，杨继盛的妻子张氏"伏阙上书"，提出"倘以重罪，必不可赦，愿即斩臣妾首，以代夫诛……"然而这封奏折也被严嵩私自扣留了下来。

杨继盛临终前留下名句"浩气还太虚，丹心照千古。生平未报恩，留作忠魂补"，时年三十九岁。

嘉靖四十一年（1562），即杨继盛死后七年，在《明史》中称"惟一意媚上，窃权罔利"而被列为六大奸臣之一的严嵩终于倒台。

隆庆元年（1567），即杨继盛死后十二年，穆宗登基，抚恤直谏诸臣，以杨继盛为首。追赠太常少卿，谥号"忠愍"，予以祭葬。

至清，人们依旧对杨继盛十分景仰。先是在乾隆五十一年（1786）对其故居进行过多次整修与扩建，整修后的寓宅内大堂为祭祀他的祠堂，名"景贤堂"。祠堂坐南朝北，前有山门，门额题有"杨椒山先生故宅"七字。东北角门嵌"松筠庵"三字石额。园中有他的书房和手植古槐，整座院落低洼，足见其为官之清廉。嘉庆二年

（1797），在"景贤堂"内置杨继盛古衣冠彩塑像一尊，代替了原画像。道光二十七年（1847）松筠庵住持募捐修整，主要扩建了当年杨继盛书写弹劾严嵩奏疏的书房，成为容纳百人以上的大堂，称为"谏草堂"。次年，又在祠之西南隅建"谏草亭"。

在修缮的同时，还先后镌刻了多方碑碣刻石，纪事的同时也在字里行间表达了人们对杨继盛的景仰和深切怀念。例如：清嘉庆二年（1797）胡季堂撰文、刘墉书丹"杨忠愍公塑像纪事碑"；光绪十三年（1887）李鸿藻摹刻卧碑二石"杨忠愍公手书遗嘱"附题跋；光绪二十一年（1895）张之万撰文、胡景桂书丹"重修松筠庵景贤堂记"；等等。

由于这是一代忠烈曾经居住过的地方，所以日益被士大夫们敬慕，他们经常在此聚会、议论时局。光绪二十一年（1895）的"公车上书"就与这里有关。

"公车上书"起因是《马关条约》。当时由于高丽发生了内乱，中、日两国纷纷派出了部队进入朝鲜半岛。中国国内上上下下并不把小小的日本放在眼里，以翁同龢为代表的大多官员都主张开战，认为不费吹灰之力即可打败弹丸之地的日本。那时候的光绪皇帝在慈禧皇太后的照顾下登基亲政，一时间也被大清朝的虚假繁荣所误导，国家十几年来既无内忧亦无外患，又经过一段时间的洋务运动，呈现出一派还算是太平的景象，所以皇上也是坚决主

17

战。他原本在内心里期待着能够像先祖康熙大帝那样御驾亲征,打退日本而建功立业,树立起自己的威严来。然而,甲午战争的爆发再次使清政府内部陷入了混乱。强大的中国海军在黄海败于相对弱小的日本海军,紧接着就是陆军连续溃逃,败得一塌糊涂。光绪皇帝重建中国辉煌的梦想随着战败而烟消云散了。

李鸿章不得不与伊藤博文签订了《马关条约》,中国承认高丽独立,割让台湾及辽东半岛,赔款二万万两白银……事情如此发展给了国人强烈的刺激。用梁启超的话来说,就是"吾国四千余年大梦之唤醒,实自甲午战败,割台湾偿二百兆以后始也"。这时又恰逢各省的举子前来北京参加会考,得知消息后群情激愤。梁启超在《戊戌政变记》中记述:"(康有为)极陈外国相逼,中国危险之状,并发俄人蚕食东方之阴谋,称道日本变法致强之故事,请厘革积弊,修明内政,取法泰西,实行改革……适和议甫就,乃上万言书,力陈变法之不可缓,谓宜乘和议既定,国耻方新之时,下哀痛之诏,作士民之气,则转败为功,重建国基,亦自易易。"

梁启超所说的"乃上万言书"是指康有为就此起草的一份一万八千字的《上皇帝书》,书中反对签订《马关条约》,并提出"拒和、迁都、练兵、变法"等主张。康有为在万言书里写道:"具呈举人康祖诒等,为安危大计,乞下明诏,行大赏罚,迁都练兵,变通新法,以塞和款而拒外夷，保疆土而延国命，呈请代奏事……"在变法的问题上，康有为的建议是"夫富国之法有六：曰钞法，曰铁路，曰机器轮舟，曰开矿，曰铸银，曰邮政"以及"养民之法：一曰务农，二曰劝工，三曰惠商，四曰恤穷"等。按照康有为撰，光绪二十一年（1895）上海石印本，名为《公车上书记》的小册子记载，康有为在松筠庵召集了十八省举人开会，众人响应。有一千二百余人联署，要求光绪皇帝"拒和、迁都、变法"。随后十八省举人与数千市民又云集到都察院门前请代奏，这就是历史上所称的"公车上书"。

康有为在《自编年谱》中说："即令卓如（梁启超）鼓动各省，并先鼓动粤中公车，上折拒和议，湖南人和之……"梁启超也在《三十自述》里说："乙未和议成。代表广东公车百九十人上书陈时局。既而南海先生联公车三千人，上书变法，余亦从其后奔走焉。"

然而"公车上书"目前也只有在康、梁的书中提到过，并无其他佐证。同时还有研究者查出了重要时间节点——5月2日，这一天都察院的工作记录清单上并没有"上书"的记录。此外还有翁同龢日记，翁是晚清重臣，而在他当天日记中流水账般地列出了皇上以及都察院全天工作情况，同样没有出现过一千二百多名举人到都察院上书并且被拒的事情。

也有一些研究人员认为康有为在松筠庵的演讲也许是

真的。但是真正留在现场的人并不多,"公车上书"并没有康、梁所描述的那样壮阔,而且在松筠庵的小小院落里无论如何也容不下来自十八个省的一千二百多名人士。因此康、梁在这里主要是夸大了运动本身,继而就夸大了自己的作用。同时各省公车大多局限在本省的范围内活动,康、梁几乎没有什么可能去动员并领导大家。当然,这种意见也仅仅是一种推论,同样没有任何依据可以证明。不过康有为的确没有置身事外,起码万言的《公车上书》是他以两夜一昼的时间写出来的。康有为后来在《自编年谱》里讲:"至此千余人之大举,尤为国朝所无……"

不过这次联名上书活动的目的并没有实现。康有为对此的解释是"察院以既已用宝,无从挽回,却不收"。但《公车上书记》里的说法为,"是夕议者既归散,则闻局已大定,不复可救,于是群议涣散……而初九日松筠庵之足音已跫然矣,议遂中寝,惜哉惜哉"。所谓"议遂中寝"的意思大概就是根本没有去都察院。

遗憾的是,在20世纪60年代中后期席卷全中国的"破四旧"行动中,杨椒山祠同样没有逃脱被"破"的命运。记载中的彩雕塑像、香炉、祭品以及"杨椒山先生故宅""松筠庵""景贤堂""谏草堂"等匾额均被砸毁。只有原嵌在墙壁上的石刻幸免于难,但至今也残缺不全了。院内假山被推平,谏草堂和回廊以及院内大部分房屋改为了宿舍。

据介绍，自2015年，作为北京市文物保护单位之一的"杨椒山祠"开始启动腾退工作。目前大多住户已然搬离。腾退之后，拟采取修旧如旧的修缮保护措施，保持原来胡同肌理，恢复晚清民国风貌，将杨椒山祠建为一处公共文化设施，继续向世人讲述那段尘封的历史。

李鸿章祠

陆 宁

光绪二十七年（1901），李鸿章在京病逝。

听到李鸿章去世的消息，慈禧的眼泪瞬间流了下来。慈禧说："大局未定，倘有不测，再也没有人分担了……"

所谓"大局未定"是指随着八国联军的入侵，北方政局实在是无法收拾了，1900年7月慈禧在逃亡途中电催李鸿章北上。时在广州的李鸿章接到让他与联军议和的指令后老泪纵横，自知让他去签订一个类似《马关条约》那样危害中华民族的和约是天大的耻辱，将永远被国人唾骂。然而如果不遵从，不但从此得罪了朝廷，而且毁了一世的忠名。最后李鸿章还是在朝廷的一再催促下勉强上路，差不多用了三个月的时间才来到北京，住进了贤良寺。在拜见了英、德公使后的回途中偶感风寒，自此一病不起，咳嗽不断，而且还不时吐血。直至和庆亲王奕劻在"议和大纲"上签字后又被医生诊断为胃血管破裂。最后还是在国人"卖国者秦桧，误国者李鸿章"的痛骂怒吼声中病逝北京。死后诏赠太傅，晋升一等侯爵，谥号文忠，赠白银五千两治丧，同时在原籍及立功省建祠。清朝在京师建祠的汉族官员也只有李鸿章一人。专祠建成后，光绪皇帝赐匾，亲书"功昭翌赞"四字。春秋两季，朝廷派员专门祭祀。

西总布胡同27号院就是当年的京师李鸿章祠堂。现址已为国家大剧院艺术创作中心所属的二层白色办公楼。

总布胡同属于北京市东城区建国门地区，元代时就已经形成了。明朝时属明时坊，因总捕衙署设于此，故称总捕胡同。清朝时为镶白旗的属地，乾隆时改称总部胡同，一直到了宣统时期才将胡同一分为二，以朝阳门内南小街为界，分称东总布胡同和西总布胡同。民国三十六年（1947）又将原城隍庙街改名为北总布胡同，延续至今。

北京市东城区文物文化局在1991年编著的《北京文物胜迹大全·东城区卷》一书中记载，"李鸿章祠堂遗址位于东城区西总布胡同27号……该祠即为其生前寓所，李鸿章故去时，即在此办理丧事，光绪二十八年（1902）五月廿五日发引，殡出朝阳门……发引后，奉旨在此建立专祠"。同时另有资料表明，西总布胡同27号，旧时门牌15号，在胡同中段北侧，坐北朝南。大门在西总布胡同北侧，后墙在外交部街南侧。此宅原为李鸿章祠堂，名"表忠祠"。是由大门、前殿、享堂、配殿等构成的二进四合院。大门、碑亭、前殿、享堂及东西配殿等主要建筑顶部均覆黑琉璃瓦。享堂三楹，为歇山顶斗拱建筑，前有月台三出陛。院墙砖砌，外抹红垩土，顶部覆灰色筒瓦。

清朝时在京师为汉人官吏建专祠唯李鸿章一人。为什么专门为李鸿章建祠堂呢？按通常的解释应该是朝廷认为李鸿章功勋卓著。不过后来又有《异辞录》提出，其实朝廷本来想让李鸿章死后配享太庙的，结果让鹿传霖的一句话给搅黄了，"定兴鹿文端，拙于言论。内调枢廷，耳已重听，尤不能有所建白。然有时一语隽永，为福不足，为害有余。李文忠薨，闻于西安行在，两宫震悼，诏加优恤，已将侑食太庙，枢臣出拟懿旨。定兴突问曰：'祀于何处？'时议：配享文宗，则咸丰朝文忠方仕，未立功勋；配享穆宗，中兴勋业，不乏其人，未可显分厚薄；配享德宗，其时，上正年富，则懿旨之中不易措词。因而搁置"。

李鸿章始终是有着很大争议的人物。慈禧称他为"再造玄黄"之人。曾国藩评价，"少荃天资与公牍最相近，将来建树非凡，或竟青出于蓝也未可知"。梁启超在他所著的《李鸿章传》中为李鸿章所处的境地感到无尽的悲恸。书中写道，"当戎马压境之际，为忍气吞声之言，旁观者尤为酸心，况鸿章身历其境者"。

李鸿章之所以有点盖棺不能论定，恐怕主要还是因为他本人瑕瑜相间。他一生之中所做的事情太多了。其中有不少实事、好事，如：编练的淮军、北洋水师，是中国军事近代化的先驱；向欧美派遣大量的留学生，开创了中国留学的先河；创办各种新式学堂，为科举制的废除和现代教育的确立奠定了根基；同时还建工厂、修铁路、办航运，建立了如电报、电话等现代通信，直接开启了中国的近代化。但同时李鸿章也做了不少坏事：中法、中日战争他是主角，义和团运动时期也十分活跃；外交方面更是离不开他，晚清中外条约的签订大多出自李鸿章之手；尤其是李鸿章曾残酷镇压太平天国运动，甚至在苏州杀降，就连与淮军合作的洋枪队首领戈登都对他极为不满。在贪财方面，李鸿章在晚清时更是出了名的。他仅在天津汇丰银行里就存银数百万两，同时在许多洋务企业里皆有股份。究竟李鸿章有多少钱财，恐怕连他自己也说不清楚。对此梁启超说："世人竞传李鸿章富甲天下，此其事殆不足信，大约数百万金之产业，意中事也，招商局、电报局、开平煤矿、中国通商银行，其股份皆不少。或言南京、上海各地之当铺银号，多属其管业云。"李鸿章一生，拼命做官也拼命捞钱，这是事实。晚清官场的腐败堕落不能说和李鸿章个人德行没有一点关系。官为民之表率，官员缺德不能说是个人的问题，而是会殃及社会，影响世风的。

不过在晚清那种腐败的社会里，能办成点实事已然难能可贵了。李鸿章毕竟不是那种深谋远虑、高屋建瓴、开创新纪元的伟人。他看到了鸦片战争之后中国面临着"三千年未有之大变局"，但并不清楚究竟往哪里变，如何变。他知道应该学习西方,但究竟如何学,学什么,亦无系统的思想主张。他知道清廷必须改革,但究竟如何改,改成什么样子,也是非常茫然的。他始终的追求不过就是做官,就是办事,就是忠于慈禧老佛爷。所以梁启超最后对李鸿章的评价为,"要而论之,李鸿章有才气而无学识之人也,有阅历而无血性之人也",也真是入木三分了。

张之洞的深宅大院
陆　宁

丁未年（1907）八月十日，已经七十岁的张之洞奉旨"著迅速来京陛见，有面询事件"，住进了白米斜街11号宅院内。

白米斜街在北京也算得上是一条老街巷了。相传白米斜街始建于元朝，当时只是靠邻什刹海水系的一条小土道，因沿水路，形成了"斜街"。按《燕都丛考》里的说法，早年斜街内曾有一座白米寺，以此得名。张之洞所住的院落原为直隶的公产。张之洞进京后即由湖北善后总局拨款两万两白银进行了修缮。据说当年每进院落都由抄手回廊连在一起，进出方便，而院内的花园布满古树、假山和凉亭。张之洞入住后，还在大门前写上了"朝廷有道青春好，门馆无私白日闲"的楹联。

其实早在戊戌年（1898）的四月，徐桐就曾建议光绪帝调张之洞入京以取代老态龙钟的翁同龢来主持政务工作。在征得慈禧皇太后的同意后，张之洞随即乘船离开了武汉到达上海。然而翁同龢似乎并不准备放弃权力，当时就以"沙市教案尚未了结"的理由阻止了张之洞的入京安排。

戊戌年调张之洞进京的建议虽说是徐桐提出来的,实际上这是病榻上的恭亲王奕䜣的意见。恭亲王分析了朝中大臣们的情况后认为,当前可以担当重任同时又可以信赖的人员里只有李鸿章、张之洞和荣禄了。而李鸿章因甲午战败之过民心丧尽,暂不便出来工作,剩下首选自然就是张之洞了。

张之洞在面对清政府的改革问题时既不是一个愚昧的保守主义者也不是政治上的激进派。在政治理念上他赞成康有为提出的关于中国应进行政治改革的判断,但他不同意康有为设定的方案及目标。在认真研究了康有为的一些提议后,他觉得康有为所谓建立制度局等想法不过是一种托词,分局的架构只是将中央六部的功能打乱重新组建而已,并没有什么新意。中国如果按照这些方案进行政治改革的话会引起毁灭性的灾难。于是张之洞很快写出了《劝学篇》,他的一些改革思想最后都归纳在这本小书里,其中经典的口号就是"中学为体,西学为用"。张之洞强调的是树立民族自信心,用自己的民族文化去消化外来的东西,这和康有为激进的反传统思想是截然不同的。在恭亲王眼里,张之洞可谓大清国的忠臣,而康有为不过是一个犯上的乱臣贼子。

当袁世凯于戊戌年八月初五早晨按计划至勤政殿面见

光绪帝时，就请求任张之洞赞襄朝政，以弥补维新诸臣的不足之处，"古今各国变法非易，非有内忧，即有外患，请忍耐待时，步步经理。如操之过急，必生流弊。且变法尤在得人，必须有真正明达时务老成持重如张之洞者，赞襄主持，方可仰答圣意"。对此情况，尚在北京的钱恂立即向湖北的张之洞进行了汇报。不过在当时政治气候极不稳定的情况下，张之洞已决心不再进京来蹚浑水了。

留在湖北的张之洞始终励精图治，大兴洋务，实施新政。他创办亚洲最早的钢铁企业——汉阳铁厂，改变了中国钢铁全部依赖国外进口的局面；创办湖北枪炮厂，使得"汉阳造"闻名全国，直到抗日期间都曾为抵抗侵略者立下汗马功劳；设立纱、布、丝、麻等轻工企业，打破了长期依靠进口的格局；编练新军自强军，其军容、纪律、装备、操法以及官兵的素质给人一新之感；办新式教育，创办的学堂涵盖了普通教育、军事教育、实业教育、师范教育等诸多方面；修筑平汉铁路等交通体系，奠定了武汉"九省通衢"格局；修筑张公堤，有效解决了汉口数千年水患……

张之洞此次入京主要是由于瞿鸿禨被参回乡，而在这些年里，李鸿章、刘坤一、荣禄等先后去世。论资历与威望，已无与张比肩者。然而就在张之洞入京后的第二年，光绪三十四年（1908）十月中旬，光绪帝病入膏肓，御医已下"恐将猝脱"的诊断。慈禧皇太后遂于福昌殿召见军机大臣张之洞、世续、醇亲王载沣商议立嗣。二十一日西正三刻，光绪帝于瀛台涵元殿"龙驭上宾"，慈禧皇太后次日未刻"升遐"。十一月初九，朝廷举办了溥仪登基大典，载沣等定建元年号为宣统。

当光绪与慈禧相继故去后，少壮贵胄们便迫不及待地要将坐拥重兵的袁世凯铲除。载沣本来是打算杀掉袁世凯，但张之洞与庆亲王奕劻及世续等军机大臣力言不可。认为如此做法可能会逼迫北洋军反戈，而且西方列强也可能出面干预。于是十二月十八日清廷发布谕诏，谓"袁世凯现患足疾，步履维艰，难胜职任"，命其"回籍养病"。

载沣罢免了袁世凯的职务后，以为已经控制了局势，于是在朝中用人唯亲。先后将其弟载涛、载洵分别任命为训练禁卫军大臣和筹备海军大臣，引发多人不满。随后载沣又要免去津浦铁路总办李顺德等汉官的职务，试图用清廷贵族来取代。张之洞急阻，认为"舆情不属"，怕因此"激出变故"，而摄政王载沣回："有兵在。"这句话气得张之洞当场吐血，就此病倒。当然，吐血之说可能有所夸张，但这样不负责任的言论着实对张之洞的打击不小。自此之后，张之洞一病不起，于宣统元年（1909）八月二十一日晚九时病逝在仅仅居住了两年的白米斜街11号宅院中。

两年后（1911），随着武昌义举，清王朝也就迅速土崩瓦解了。其中打响第一枪的队伍，却正是张之洞当年编练的新军……

消失了的南太平湖

王培璐

提起北京的太平湖，多数人想到的都是老舍投湖自杀的地方，其实旧时京城是一南一北两个太平湖，老舍先生投湖的是新街口豁口外的北太平湖，而那个存在了三百多年的太平湖是现在西便门里中央音乐学院内的醇王府花园西侧，算是守在王府边上的南太平湖。

醇王府的前身是荣王府，也就是乾隆皇帝第五子永琪（即《还珠格格》里五阿哥）的家。咸丰九年（1859），道光皇帝第七子醇亲王奕譞成为这儿的主人，荣王府改为醇王府了。这也是光绪皇帝出生的"潜龙邸"，这是京城最早的醇王府，又称南府。

晚清时期的达官贵人们有用家乡地名给人起雅号的，比如背后称李鸿章为"李合肥"，称袁世凯为"袁项城"，而私下里称奕譞为"太平湖七爷"，可见这个王府边上太平湖在人们心中的地位。

《京师坊巷志稿》里这样介绍："太平湖，城隅积潦潴为湖，由角楼北水关入护城河。"

清人震钧在《天咫偶闻》里是这样描述太平湖的风景的:"平流十顷,地疑兴庆之宫;高柳数章,人误曲江之苑。当夕阳衔堞,水影涵楼,上下都作胭脂色,尤令过者留连不能去……"

王府边上的湖景自然会吸引京城的文人墨客、达官贵人来此游玩。冒鹤亭那首"太平湖畔太平街……"就引出湖畔的大片丁香花开的情景。如此美景同样少不了曹雪芹的身影。《瓶湖懋斋记盛》里记载,乾隆二十三年腊月二十四日,曹雪芹在太平湖面上放过风筝。敦敏却是这样描述的:"风鸢听命乎百仞之上,游丝挥运于方寸之间。"李鸿章亦有五言诗留存:"东风二三日,杂花千万枝。俯檐弄嘉禽,出诏窥文鱼。"

道光年间时太平湖畔传出一桩名人绯闻,沸沸扬扬的。那时还是荣王府,主人是荣贝勒奕𫘦。龚自珍是贝勒爷家座上客,经常登门谈诗论画,久而久之居然恋上了贝勒爷的侧福晋顾太清,而且以赞美为名写下了《忆太平湖之丁香花》:"空山徒倚倦游身,梦见城西阆苑春。一骑传笺朱邸晚,临风递与缟衣人……"这是在奕𫘦去世的第二年,也就是顾太清新寡之时写的。一时间此事成为京城酒肆茶楼的文人墨客们茶余饭后谈论的话题。奕𫘦之子载钧听闻后声称要"宰了他!",结果是,龚自珍匆忙辞官回乡,并第二年暴毙于云阳书院,死因扑朔迷离。顾太清则被逐出王府,流落到西城养马营那片破旧的民房里度过了十多年的穷苦生活，直到她孙子溥楣承袭爵位时才回到府里。顾太清也是红学家，晚年用笔名云槎外史为《红楼梦》八十回之后写了续书《红楼梦影》，周汝昌先生对此续书评价很高。

顾太清《红楼梦影》书影

周汝昌先生在"文革"前曾经与其兄周祜昌同往太平湖寻访旧迹，虽不见"平流十顷"的湖水但总算在草丛低洼找到了一片干涸不久的水坑，目测位置应该是太平湖最南端的水角。同时也看到数株高高的垂柳，也算是震钧当年所云的"高柳数章"了。按图索骥，他们兴奋不已，这在周先生的《北斗京华》里有整章节的记载。然而十年之后的1974年，周先生为增订《红楼梦新证》约几位编辑和摄影师重访太平湖旧地以便取景插图为文增色，没想到现场却是"高柳幽池已变为一片荒土形如沙漠……"

槐荫斋——光绪出生的房间，现在是西城少年宫的琴房

太平湖东侧的醇亲王府还有些建筑存在，现在是中央音乐学院所在地

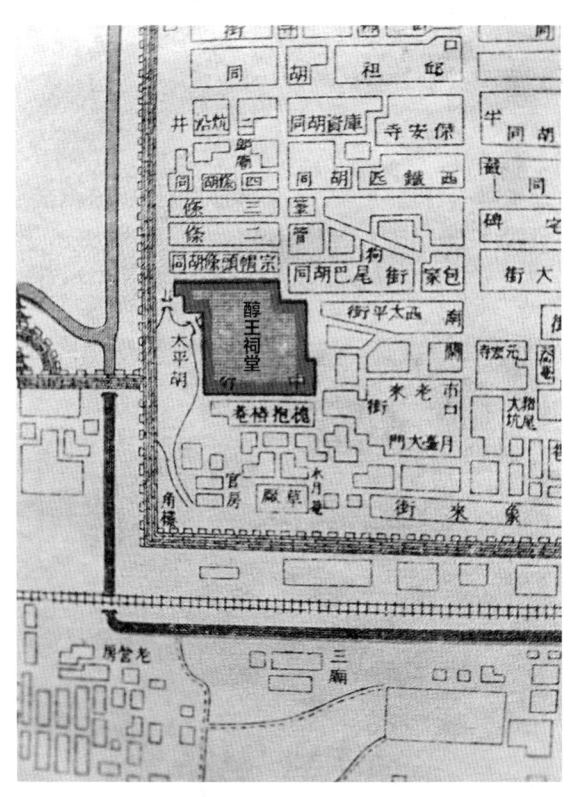

光绪三十四年（1908）京师地图上标注的太平湖与醇亲王府还是完整的

这是醇亲王府南府的复原模型，可以看出西侧的太平湖与王府内的水系是相通的

太平湖虽然消失了，但这块街牌"太平湖东里"还在向人们诉说：这里是曾经存在了三百多年的太平湖

消失了的北太平湖

王培璐

北京新街口豁口外曾经有过一个短命的湖——太平湖，前后只存在了十二年（1958—1970）。因为京城西南角也曾经有过一个存在了三百多年的太平湖，所以这个新街口外的太平湖算是北太平湖。1966年8月24日，老舍先生就是在这里投湖的，所以在以后的年代里国人都知道了北京这么个太平湖。现在这里是北京地铁检修车辆段的停车场。笔者青少年时代就住在这个太平湖北岸，现在叫文慧园的地方，所以对这一带的历史沿革有些了解。

1957年夏天，我家从王府井大阮府胡同搬到新街口豁口外的商业部宿舍，那时的地名叫"饮马槽"，"文革"时期改名"文慧园"。搬家那一年我已八岁，小学一年级结束的暑假从东城区磁器库小学转到打钟庙小学读二年级。那时候没有湖，新街口豁口外西侧护城河边只是一片长满芦苇的沼泽地，当地人称苇子坑。解放前这段城墙没有豁口，护城河边仅住着三五户姓贡的人家，以贩卖芦苇为生，当时称此处为"贡家苇塘"。

1950年秋天，北京市政府将新街口大街南端城墙拆开了一个豁口并在护城河上架了木桥，继续向北修了石子路。当年在北城墙同时开了四个豁口，即雍和宫大街豁口、北小街豁口、鼓楼大街豁口、新街口豁口，同时还编了号，在1952年版北京地图上可以看到新街口豁口叫"4号豁口"。

新街口豁口——从护城河北岸向南拍摄，可见铁路道口的起落杆，照片右上角还能看到残留的城墙。再远处的楼房是总政文工团的排练场（摄于1961年）

　　1958年成立东升人民公社，决定在太平庄大队所辖的苇子坑修建太平湖公园。军人、干部、社员一齐上，马车、驴车、手推车，人拉、肩扛、扁担挑，仅仅三四个月，东西长一千米、南北宽五百米，呈葫芦形的太平湖就基本上建成了。

　　我家所在的商业部宿舍就在太平湖北岸的饮马槽村和索家坟村，这两个自然村隶属东升人民公社太平庄大队。

　　太平湖的命名当然是此地隶属太平庄，而"太平"二字的地名已是沿用了五百多年了。明景泰元年（1450），兵部尚书于谦在德胜门外关厢一带民房群与瓦剌军骑兵展开巷战，历史书上称之为"京师保卫战"。战前，于谦将居民转移到西面沼泽地附近生活，料瓦剌军骑兵到沼泽地马腿必陷，挨宰无疑，因此不敢来犯，最后在德胜门巷战中大获全胜，转移来的居民得以太平。居民们留下来建村设屯成就了地名——太平庄。

在商业部宿舍建成之后，饮马槽村和索家坟村也规划成居民区建制了。我家住饮马槽南二区，就在索家坟邮电局后面。

索家坟这个村是清康熙年间重臣索额图家的祖坟，索额图没有埋在这里，但是1962年我见过一个七岁女孩儿的坟墓考古挖掘现场，后来知道墓主人叫黑舍里，是康熙皇帝的小姨子。

饮马槽这个村确实有个硕大的饮牲口的石水槽，相传有师姓人家在此挖得一口甜水井而设的茶棚，是供进出京走德胜门的马车驼队休息并饮牲口的场所。元大都时期这种具备水井和饮马石槽的场所还有一个雅名——施水堂。而元大都时期这里是内城五十个坊中的永福坊。北京最早的地方志——《析津志》里说元大都城内共有十六座施水堂，那时客人付了茶水钱，饮牲口不要钱。到了明清时期，饮牲口就要付钱了，但是不多，只要半文钱而已，有清代《北京竹枝词》为证——"投钱饮马还余半，抛得槟榔取亦廉"。因为没有半文钱货币，只能用槟榔当找回的零钱。

1959年修建的太平湖公园经过几年的完善已经是一个很好的休闲场所了。葫芦形的湖面在"葫芦腰"处建了一座木制拱桥将南北岸连接起来。湖的东西部分各有两个供游船停靠的码头，这几个水泥砌筑的码头成了游泳爱好者的最佳选择。1961年，第二十六届世界乒乓球锦标赛在北京举办，打乒乓球成了全民热门运动，公园管理处在湖岸南北砌了好几个简易水泥乒乓球台，这成了我们这些十来岁的孩子聚集的天堂。太平湖北岸种植了大片荷花，每到夏天傍晚，这里就成了极好的纳凉地。近处粉白色的荷花盛开在绿色荷叶之间，远处灰色的西直门城楼上面挑着一轮通红的夕阳，闻着荷香，听着蛙鸣，好不惬意。

提到太平湖就躲不开老舍投湖这段公案。我家在饮马槽商业部宿舍，离湖北岸仅仅三百多米，我十岁的三弟亲眼看到了老舍先生投湖前的犹豫状态。

1966年的夏天是三四年级小学生最快乐的时光。学校早已停课，大哥哥大姐姐们都上街抄家造反去了，家长们惶惶不可终日，校长、老师们都在提心吊胆，随时准备挨批斗，只有这些十岁左右的孩子撒欢儿地玩儿。没有功课逼迫，没有老师管着，太幸福了！太平湖畔成了他们的世界……

8月24日下午，他们几个孩子照例来打乒乓球，发现

1961年夏天,母亲带着我们兄弟三人在太平湖"葫芦腰"的木桥前拍照,戴红领巾的少年就是笔者

北岸水泥乒乓球台上躺着一个人,小孩儿们也不敢去轰人家,只能在附近边玩儿边等着,整整一下午,只见此人躺一会儿坐一会儿,还不时在球台上写粉笔字。快傍晚了,此人仍无去意,孩子们只好回家吃饭并约好明天清晨就来先占住球台。等到第二天早晨,水泥球台上没有人了,但台子上密密麻麻写满了粉笔字,不远的湖边东码头上停放着一个死人,那是投湖后被打捞上来的尸体。几个孩子从围观的大人口中知道此人就是老舍。几十年之后我们知道老舍先生投湖前是留有纸质遗书的,但是任何资料都没提

到这乒乓球台上的粉笔遗书。直至两年前与一同学提到此事时，他提到了两个字"雨水"。果然在老舍夫人胡絜青的回忆里有8月25日上午曾冒着雨去认尸的记载，这段粉笔字被雨水冲掉了。真的很可惜！

由于北京电影制片厂所在的小西天离这儿很近，《水上春秋》等电影都以此为外景地，还有八一厂的海战片《无名岛》也是在这里拍的。

1970年深秋，北京一期地铁即将开通，政府决定在太平湖的位置上修建地铁检修车辆段停车场，太平湖在人们的生活中永远成为记忆了。

后　记

此小文写了之后得到很多朋友的鼓励，为此又多写几句算是跟原来家住在太平湖畔的朋友探讨一个事儿。

新街口外的太平湖包括1958年前的苇塘沼泽地在元朝就是积水潭的一部分。

元朝为建漕运码头而人工修建的这片水域。当时的积水潭"千帆林立舳舻蔽水"，码头最北端已经到了现在的文慧园、小西天一带了。高粱河水从和义门（西直门）北侧直接注入积水潭。直到明朝永乐年间建北京城墙时因工程技术的原因要避开大部分水域，才把这片积水潭的潭头部分给"切"掉了，于是北京城永远"切"掉了一个西北

元大都

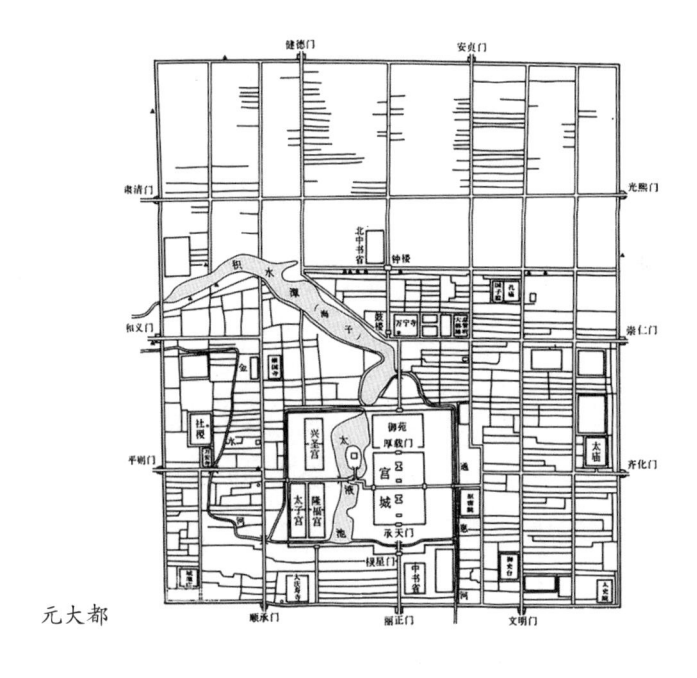

角。高粱河水注入西直门外护城河，经德胜门西侧水关注入积水潭了。那么能否在文慧园、小西天一带找到积水潭码头的痕迹呢？如今只能"回忆"了。当时的饮马槽南二区商业部宿舍所有最南边一排房子的后面都有一个明显的自然地貌的落差，我们都叫"下坡儿"，这一段特别陡峭的落差少则十米，多则二三十米，尤其是太平庄门诊部和索家坟邮局西侧落差更大，从坡上到坡下要走"之"字形小道才能走到坡底，这在华北平原尤其是北京地区的平原地貌上是罕见的。

徐悲鸿纪念馆
杨庆徽

一夜强风，把拥塞在京城上空多日的阴霾荡涤得无影无踪了。2023年初春的一天，微风轻轻地吹，暖暖的阳光覆盖着大地，正是适合到户外走走的天气。刚巧，我的一位大哥来找我了。

大哥是准备去徐悲鸿纪念馆的。因纪念馆离我公司比较近，仅隔一条马路，故而邀我一同前往。

走过立有龙门吊及一排灰色筒仓式的建筑物后，拐弯便是徐悲鸿纪念馆。馆的大门前立有徐悲鸿全身雕像，大师手握画笔，目光深邃地望着前方。

徐悲鸿，祖籍江苏宜兴，是一位具有爱国主义情怀的艺术家。徐悲鸿在画史上的意义远大于其实力，其曾任中央美术学院第一任院长以及中华全国美术工作者协会第一任主席等职务，是新中国美术教育体制的奠基人。

早先的徐悲鸿纪念馆在东城区东受禄街16号的徐悲鸿故居，那是位于北京火车站东侧的平房院落。1953年徐悲鸿过世后就改为徐悲鸿纪念馆。这是政府在故居基础上建立的第一座美术家个人纪念馆，周恩来总理亲书"悲鸿故居"匾额。

20世纪60年代中，由于修建地铁，纪念馆被拆除了，馆里收藏的画作全部送往了故宫博物院。直至1983年，新建的徐悲鸿纪念馆在新街口北大街53号落成，由郭沫若亲笔题写馆名，自此全部画作再由故宫运回了馆中。2010年10月又启动了纪念馆的改扩建工程。目前的纪念馆占地一万平方米左右，主楼共分四层，首层包含了徐悲鸿的起居室，二、三层为徐悲鸿的书画作品展，计各个时期的代表画作一百余件，四层主要是展示徐悲鸿收藏的书画作品。

徐悲鸿从海外求学回国后一直投身美术教育事业，并不靠卖画为生，所以纪念馆收藏的徐悲鸿绘画作品都是成体系的，相当完整。徐悲鸿本人的绘画作品一千二百余件，此外还有通过购买或交换获得的各类美术作品一千一百余件，时间跨度从唐代到近现代，地域从欧洲到中国，包括油画、水墨画、书法、扇面、册页、长卷、素描等多种艺术形式。

走进纪念馆大门，首先是序厅。有服务台，可以在这里免费盖纪念章，共六枚。如有需要，还可以办理租用自助讲解机。

一楼的展厅主要是徐悲鸿生平资料，故居复原室及一些个人物品，比如印章、绘画工具等，还有就是唐代的绘画作品《八十七神仙卷》。

《八十七神仙卷》是一幅白描人物手卷，绢本水墨，尺幅292厘米×30厘米。描绘的是一个道教传说，八十七位神仙列队行进，加上亭台曲桥、流水行云，潘天寿评价说："全以人物的衣袖飘带、衣纹皱褶、旌旗流苏等等的墨线，交错回旋达成一种和谐的意趣与行走的动，使人感到各种乐器都在发出一种和谐音乐，在空中悠扬一般。"

徐悲鸿是在一个偶然机会里获得这幅唐画的。1937年春，徐悲鸿应邀到香港举办画展。其间曾到德籍的马丁夫人家中做客。马丁夫人的父亲曾为德国驻华外交官，收有大量的中国书画作品。此时马丁夫人正准备出售，见徐悲鸿来了，就拿出几箱子字画供徐悲鸿挑选。

这是一幅没有落款也没有收藏印及题跋的手卷，老旧不堪甚至绢底已呈褐色了。然而徐悲鸿看后，觉得画作场面宏大，人物比例结构精确，构图宏伟壮丽，线条圆润劲健，根据自己对国画的研究，觉得应是唐代吴道子所作。因年代久远，世间已无其真迹了，不想今日竟在此相遇，于是便花钱买了下来。后又请当时美术界的几位大师帮着鉴定一下，张大千也认为此画与唐壁画同风，"非唐人不能为"。从此徐悲鸿总是把画卷带在身边，不料在1942年5月10日那一天，徐悲鸿正在云南大学的办公室里整理资料，空袭警报响起。在众人的催促下，徐悲鸿跑进了防空洞。然而待警报解除回到办公室后发现，箱子被撬，

《八十七神仙卷》不翼而飞。

两年后的1944年，徐悲鸿收到曾经的学生寄来的一封信，说是在成都某人家中见到了这幅画。经联系，最后以二十万银圆的价格买回了这幅稀世珍宝。此后的日子里，这幅画陪伴徐悲鸿走完了余下的人生。1953年9月，徐悲鸿积劳成疾去世。其家人在逝世当天宣布了徐悲鸿生前遗愿，将他留下的作品及收藏的历代名人字画全部捐献给国家，这其中就包括了《八十七神仙卷》。

不过现在大家在展厅里看到的《八十七神仙卷》是复制品，原画作为该馆的镇馆之宝，收藏在纪念馆内的文物库房内。同时在库房里收藏的还有南宋佚名创作的绢本设色《朱云折槛图》，北宋《罗汉像》，清代金农的《风雨归舟》、郑板桥的《衙斋听竹》，以及徐悲鸿早期在法国留学期间校外老师让·达仰的油画作品《奥菲利亚》。

目前《朱云折槛图》共存有两幅，一幅存放在徐悲鸿纪念馆里，另一幅在台北故宫博物院内。从画面上看，两幅作品一模一样。于是有一种意见认为其中一幅应该是摹本，是明代高手临摹复制的。但也有一种意见认为两幅作品都是出自南宋院画，这也就没有原本与摹本一说。

而徐悲鸿收藏的北宋《罗汉像》则纯粹出于"捡漏"。闲暇时徐悲鸿习惯遛遛小市场，翻腾翻腾旧货摊。一次就在废纸堆里见到这幅霉烂得已经不成样子的旧画。凭眼力，徐悲鸿认为此画出于宋代，也就毫不犹豫地买了下来。后经认真地装裱，果然画面楚楚动人。

同样出于"捡漏"，徐悲鸿1938年在广西阳朔地区收到了一幅画，即五代时期董源的《溪岸图》。不过这幅画的身世至今也仍是个谜，主要是画上董源的落款与其平日的落款在称谓上有所不同。但从画面钤盖的印章可以看出，这幅画曾被宋、元历代多位名人收藏，在明代时也曾被宫中收藏。然而不知何时何故竟然流落民间，直到1938年被徐悲鸿在广西桂林的一个小市场里发现。

不久张大千听说了此事便去拜访徐悲鸿，后提出要带回去仔细研究一下。直到1944年，张大千因十分喜爱《溪岸图》，便提出用金农的《风雨归舟》和徐悲鸿进行交换。后来《溪岸图》被张大千带到了美国，现收藏在美国大都会博物馆。

至于购买油画《奥菲利亚》，徐悲鸿则为了筹款奔走四方、费尽心机，这是1919年徐悲鸿赴法国留学期间的事。当时徐悲鸿在一个画店见到了他的老师达仰的这幅作品。画里的奥菲利亚是莎士比亚著名悲剧《哈姆雷特》中的女主角，是一场王室斗争中无辜的牺牲者。达仰的画生动地表现出奥菲利亚在临死前呆滞的眼神和惆怅的心情，反映出内心极度痛苦的状态。徐悲鸿由此联想到千疮百孔的祖国和受苦受难的人民，于是便决心买下这幅作品。

但作为一个刚刚来到法国留学的二十多岁的年轻人，如何才能筹到这笔款呢？徐悲鸿首先请求画店老板为他保留这幅画，限期是三个月，然后他四处奔走。最后还是在一位朋友的建议下启程去了新加坡，找到华侨陈嘉庚先生。陈嘉庚先生把画款直接汇往巴黎画店，才使徐悲鸿如愿以偿地得到了这幅画作。

目前这些绘画作品均收藏在纪念馆的库房内，不定期地轮流展出。

同在一楼展厅的，还有徐悲鸿故居复原室。同样的陈列摆设，重现当年情景。复原室内除去少量复制品，大部分物件，如砚台、画笔都是原物。在徐悲鸿曾使用过的书桌上，甚至还保存着当年的墨渍。尤其是一把木质帆布的躺椅，还是徐悲鸿早年在四川购置的，后经上海、南京，随同其他用品辗转运到了北京。

游览过后，大哥说很不错，但感觉上还是和原故居有着差异。

大哥说，当年没有二环路，所以火车站东面也就还都是平房区，纪念馆是在车站的东南角，他去过，是一座宁静的四合院。

穿过车站前的广场，再上一个土坡，往南走，就是纪念馆的大门了。大哥说，当时纪念馆是一对朱红色的木门，大门紧闭，右扇门上有一个小门，可以进出。旁边墙上挂着白漆黑字的木牌，不过不像机关门前牌子那样是宋体字，而是行书"徐悲鸿纪念馆"。

走进院内再穿过月亮门，便可看见在绿树掩映之中整齐的瓦房与花草交错杂陈。廊子下有一把躺椅,据说当年徐悲鸿下班回家后,经常靠在这里拿着小球与猫咪戏耍。大哥说,尽管故居复原室内的陈列重现了当年情景,然而缺少的是阳光透过屋檐下低矮的玻璃窗漫洒在灰砖地上的感觉以及京城平房里特有的潮湿气味。

第二展厅迎面悬挂的《愚公移山》是徐悲鸿于1940年创作的,纸本设色,尺幅424厘米×143厘米。《愚公移山》作于抗日战争最艰苦的1940年,他借这个故事表达了中国人民抗战到底的决心。由于徐悲鸿在欧洲留学期间是以人物画为主的,人物画是他创作的基石。徐悲鸿擅长素描、油画、中国画,他把西方艺术手法融入中国画中,创造了新颖而独特的风格。从《愚公移山》的绘画笔法和色彩方面看,这幅画就充分体现了徐悲鸿在中国传统技法和西方传统技法方面所具有的深厚功底。中国传统绘画中的白描勾勒手法被运用于人物外形轮廓、衣纹处理和树草等植物的表现上,而西方传统绘画强调的透视关系、解剖比例、明暗关系等,在构图、人物动态、肌肉表现方面发挥得淋漓尽致。在人物造型方面,直接用全裸体人物进行中国画创作,不得不说这是徐悲鸿的首创,也是这幅作品一个独特之处。徐悲鸿在《愚公移山》中将中西传统技法有机地融会贯通于一体,独创了自己"中西合璧"的写实艺术风格。

第三展厅主要展示了徐悲鸿中晚年的代表作品——徐

悲鸿笔下的动物花卉等。最后一部分是生平照片，展示了各个时期徐悲鸿的生活。

水墨画是中国传统文化的瑰宝，始于唐代，宋元时期达到高峰，到今日早就已经形成了独立的体系。水墨画以笔法为主，其特点是近写实、远抽象，色彩含蓄、意境丰富，具有水乳交融的艺术效果，尤其墨在宣纸上的渗透，充分表现出似而不似的特征。油画是西洋画的主要画种。其以快干性植物油来调和颜料，在画布或木板上进行制作。当画面干燥后，画面上的颜料仍有较强的硬度。色彩丰富、立体感强。徐悲鸿绘画的特点就是两种画法兼备。在三楼展厅里欣赏到的他画的马就和传统国画里的马有所不同。中国国画里的马都是侧面的平面图，而徐悲鸿画出的马都是动态的，也就是迎面奔跑的，充满生命力。这是因为徐悲鸿把西方绘画的写实与中国传统水墨画的意境结合起来了。

长时间站立，未免开始觉得腰腿有点酸痛了。我陪着大哥回到二楼的休息厅，透过玻璃窗从后面俯瞰徐悲鸿雕像时，大哥告诉我，他认识一位高级记者——柳琴，收藏了一些徐悲鸿的画作，可以带着我去看看……

柳琴大姐住在西城区，和我大哥为世交。来到大姐家里，首先映入眼帘的是一架齐白石的四季花卉屏，屏风后面的条案上放着几张古琴。柳琴大姐说，都是明琴。其中落霞琴原系溥儒老先生生前用过的，背后有老先生的签名，而中和琴的背面更是有众多晚清名人的题款。

大哥说明来意，柳琴大姐转身打开木箱，从里面取出了几本画册，告诉我们，这些分别是齐白石、徐悲鸿、傅抱石、石鲁、吴冠中的绘画集。而大哥又从随身携带的小包内取出一双细棉线精纺织的白线薄手套让我戴上，同时嘱咐我要小心观赏。

这时我才真正仔细观赏到了徐悲鸿大师绘画中的马。画上明暗有致的墨色，色彩的浓淡过渡，使得马匹线条清晰明朗，犹如有生命力一般，呈现出一种真实的感觉。尤其是近乎一笔勾成的鬃尾，浓淡干湿的变化，几乎能让人们从飘逸的毛发中感觉出空气的流动。

柳琴大姐又给我们拿出来几把扇画，是张大千、陈半丁的。还有一幅挂轴，也是徐悲鸿的作品，画的是一对花猫。背景的树叶茂密重叠，层次分明。其中一只猫眯着眼睛，似乎刚刚睡醒，而另一只则圆睁双目，斜视远方，灵敏警觉，栩栩如生、活灵活现，真是丹青妙笔。我们从两只猫的身上不难看出，徐悲鸿大师的绘画既有西方的写实同时又含中国传统水墨画的意境。

难怪大师曾对吕恩女士说："其实我的猫比马画得好……"

徐悲鸿的《马》

徐悲鸿的《猫》

最是达观快乐人——我眼中的启功先生
夏 欣

2005年6月30日上午,我正在家中疗腰伤,贵州一位朋友发来的一条手机短信把我看愣了:"启功走了,请代我向他老人家献上一束花。"手机再响,郑州一位朋友同是此意。接着是柳琴姐姐短信发来的即兴偶句,说大师启功已是"人间解语音容在,西方迎客极乐游"了,后面附友人诗:"小乘于今不计年,谈笑忽从梦中堪。昨夜忽闻天乐动,祥云接走老神仙。"至此我才确信,启功先生老去了,从此和我们阴阳两隔了。

我1982年毕业于北京师范大学,虽读的不是中文系,也以为自己是启老的学生,又因工作关系,和启老渐熟。在我眼中,启功先生不光是大师级的博学通儒,更是一位达观快乐的老人。

大学毕业后我在光明日报社做教育记者,常近水楼台到母校北京师范大学采访。

1985年,我国第一个教师节的时候,我到北京师范大学采访有党和国家领导人出席的庆祝大会,整个活动印象最深的是启功老先生当场展示的大型画作——好一幅红灿灿的朱砂《石竹图》！有画家说启老"画更胜书"，我也是第一次领教。时年七十三岁的启功先生恰好可用"红光满面，神采奕奕"形容。

后来听说启功先生感念陈垣先生的知遇之恩，用自己的积蓄装裱了自己百余幅新旧字画作品拿到香港义卖，所得一百六十三万元人民币尽捐给学校，却坚决不同意用自己的名字命名奖学金，而取陈垣励耘书屋的"励耘"二字设立"励耘奖学金"。

1990年11月，北京师范大学在英东楼举行"励耘奖学助学基金会"成立大会和启功先生的捐赠仪式，我在采访中注意到，主角启功先生面对赵朴初、程思远、王光英、赵伟之、黄胄等人的祝贺，一概上身微倾，谦恭地回上一句"愧不敢当"。

记得会后我冒昧地问他是不是每天都"写字"，他诙谐地说："不是写字，是刷纸。"再问他何以倾其心力，做成"励耘"这件事，他敛起笑纹，小学生般虔诚地说："我得到的东西全是先师传给的，我的责任是要继续培养后人，纪念先师之恩泽，激励后生之学业。""我这辈子，再没什么比这个更重要了。"这句话给我的印象特别深。

那时报社内业务研究风气甚浓，我正好把现场短新闻当课题发表了。那篇报道寥寥数百语，小中见大，也勾勒出启老的谦和、幽默和大气，常看《光明日报》的启老，因此记住了我。

再见面是1991年春节前夕。为了一组改革开放初期知识界代表人物欢喜过年的采访主题，我通过侯刚老师联系，叩开北京师范大学小红楼启功先生的家门。启老受我一拜，笑着和旁人说这个是写"光明文章"的女记者，我笑说"您老'刷纸'我刷不了，只好'码字'"，大家都忍俊不禁。

那天启老家里给我的印象是张灯结彩，拜年的人走马灯似的，有人托着大蛋糕，搞民俗的送去"灶王爷"像。启老迎来送往，忙得双颊泛红。有人送来一只挺大个玩具熊猫，启老见了夸张地"哇"了一嗓子，做惊喜状，一把抓过来在脸上揉搓。

第五拨客人走了，启老终于可以坐下来说说话了。他讲自己的乐天性格，也讲非常时期的"牛棚"往事。他说自己"从不温习烦恼"，就是难免有时会"'急了蹦跳'地犯点子'牛'劲……"聊到中国人、中国节及中国情时，他说真正的人情最贵重。他告诉我，他有回和人约好了一起出门，第二天睡过了头，没听见别人叫门，急得人们撬门跳窗，怕他出意外。他说："人生在世，有这么多人惦记着，太知足了。"

那天光是恭恭敬敬地迎与送，就把启老累得不轻。谁走，他都一律送到门口，无论长幼。"快请进，不敢当了"，"谢谢，走好了，您哪！"是那天启功先生重复最多的话。

回到家,我摊开纸笔便写,头两段是这样的:

没到除夕,过年的气氛在启功先生家里就已浓得不能再浓了。拜早年的人来来往往,门"吱扭"着,风铃唱着,直忙得老先生这边一拱手,那边一回拜,不住地起身落座,几个结伙团拜的高足直拿话逗他:"您老快找地儿藏起来吧!"

启功先生拽拽中式对襟小袄,眼睛一眯:"我哪儿找得出工夫藏啊!""哄"的一下,先生的"坚净居"让笑声给盖住了……

此后每次见面,我都会被先生的乐天个性感染,也特别喜欢他京腔京调的"神侃",没少直接和间接地听他"说事儿"。比如听他说自己犯"牛劲","对付"个别有违常礼、向他索要字画之人的事。

有次他糊里糊涂被"押"到一小型会议室,才知是让他给一些不相干的官员当场题字。他不甘"绑架",却寡不敌众,情急之下就"眼一闭,腿一蹬",现场顿时大乱,不得不请医生出诊。"我那是装的。"启功先生那掩口窃笑的狡黠样子实在好玩极了。记得启功先生还说过有一位登门索字者,三句话不离自己是空军高级干部,让老先生给撅回去了:"你是空军,你轰炸我啊!"启先生的诙谐让我们笑弯了腰。

可幽默归幽默，他又是极其严谨认真的学者，做学问搞创作不苟且，不媚上，不俯就，无论书画诗创作、教书、文物鉴定都是如此。

记得有一次说完正事，他指着客厅西墙上丰子恺先生赠予他的弘一法师像说："我生平最佩服的是他，从头到尾，衷心敬佩。弘一法师对任何事情都特别认真，无论行事、做人、求学，无论对朋友、对艺术，包括出家都是如此，都以戒律为师，一饭一时都不放过自己，他的认真早已不只是优点，已经超出三界。他的字受《张猛龙碑》的影响很深，我也特别喜欢《张猛龙碑》。他写四分律的书了不起，重新集注南山资料，把失传的南山律宗找回来……"一时滔滔不绝，大大超出了工作秘书侯刚给他限定的会面时间。

而他自己何尝不是这样严谨敬业之人呢！他对该尽的义务，特别是对"励耘奖学助学基金会"的工作尤其认真，先后题写了"师垂则典，范示群伦""学高人之师，身正人之范""学为人师，行为世范"等校训佳句，也常受命无偿为基金会承接一些书法创作任务。

我有幸在先生家近距离观赏过他在一幅古画上题诗的情形。午后的阳光斜斜地映在桌前，古稀之年的老先生躬身而书，屋里静得掉根针都听得见。那是真正的蝇头小楷，可谓字字珠玑，清逸绝伦，虽然就在身边，我还是傻傻不知那小巧如蝇头的细书是怎样被他点石成金的。

他也以同样的认真善待周围一些普通人,甚至对那些"造假"、模仿他书法作品的人,也有着极其宽容善良的一面。我听他说起过这样一件事:荣宝斋旁边有一间"荣兴画廊",里面不少摆摊儿卖"名人字画"的,启先生看到自己作品的赝品后没吭声。一个卖字画的老太太忍不住说:"您真好,您不捣乱(不和他们理论)!"先生的意思是,书画造假古今皆有,总得让人吃饭吧,"再说谁练字没临过别人的帖呀!"

启先生爱说笑爱神聊,聊起来总是"刹不住车",讲外出参加一些活动的见闻随感,也"跑野马",也聊些历史杂陈……我在叹服先生博雅通学的同时,也常让他的俏皮话逗得前仰后合,全然忘了我面前的是什么人。无论聊什么,总能从他那里感受到传统文化的强大力量,也总能为他那些取法自然、韵律优美、意境高远的书画找到注脚。

熟悉了,见面时他总爱把我们共同认识的人数一遍,问一遍。他听说我与他的朋友、学者、收藏家汪世清先生同住一幢楼,便问他身体如何,说一直想去看他。我说:"您去他那里一定会经过我家的门。"他说:"那我先上你家,再去他家。"后来他见到我总会戏言一句:"还没串门儿去呢。"

想来在与先生不多的交往中,我也曾或主动或被动地麻烦过先生，而先生从未拒绝其中任何一次，这让我每每想起就感念不已。

除了找他为《光明日报》的某些新专题写刊名，也常会有熟悉或不熟悉的人找我代求启功先生字。我也总有没能回绝的时候。例如我曾麻烦过启先生为我的同事题写书名。还记得1996年那一次，我从江苏出差回京当天，极不情愿地被一个熟悉的朋友从机场"绑架"到先生家里，替一家官办企业名称求字（酬金放进基金）。那时启老身体不好，视力也不好，又近中午了，本想事情不一定能成，甚至希望不成。不承想登门后老先生解我苦意，居然当场研墨拿笔，极其认真地写了三条，把其中一条交给我，并按自己的规矩把其余两条当场揉搓了。

我接过那幅字，觉着让老先生如此劳累，心里千歉万疚的，开始痛恨楼下在车里等我的朋友。想到随身带的包里有我给娘家和婆家买的两只真空包装周庄大酱肘，也顾不得合适不合适，找出来，给启老和侯刚老师一人递上一只，启老没拒绝，并"扑哧"笑了，大概是觉得我这个受人之托的女记者实心眼得可以。后来听说启先生爱吃东坡肉，差得不多，也算歪打正着。

除了受托帮人，我主编《光明日报》的《教育周刊》及后来主编《生活周刊》时，也曾请他题写刊名。但我个人从未向他索过字。知情的友人、同事为此常笑我迂腐，脸皮薄得只会替别人开口。其实我又何尝不想啊？有一次逛琉璃厂，想起有一年民进中央宣传部门作为对我工作的褒奖，曾以原创书画小册页赠予我的事情，我就鬼使神差买了一本织锦面的小册页。终于在一次采访结束起身时，我鼓足勇气，出门前从包里掏出小册页递上，低着头对启先生嗫嚅："这个放在您这里，您写与不写、忘没忘都没关系……"启先生"扑哧"笑了，"这我得记上，不能忘了"，说着拿出铅笔，在封面留白处写上"夏欣 光明日报"几个字。

数月之后，北京师范大学宣传部的熟人大呼小叫地传我过去，把一册页墨宝交到我手上，我"以权谋私"成功后的羞愧还是被大大的惊喜遮掩住了。

后来面见启先生，他说："你知道为什么用这么长时间吗？这是冬天他们保护'大熊猫'，让我住进钓鱼台宾馆时写的，可是后来我家里装修房子时找不到了。我又写了一本，可写完又找到了。"说完他那标志性的笑容又展开来，我心里瞬间盈满了温暖和内疚。

此后，他还曾亲自找出1990年版香港商务印书馆出版的《汉语现象论丛》，一本中华书局1990年第五次印刷的《诗文声律论稿》，还有一本《启功书画展留影》的画册，送给我，并在两本书扉页题字。

最后一次见启老，是在2001年金秋时节。那一年我在《光明日报》开启个人专栏，跨界约访了一批学者、大家。当然，也试着约访了我比较熟悉的、近九十岁高龄、身体欠佳的启功先生,不想很快侯刚老师告诉我,老先生又同意了。

一早和我的搭档、摄影家侯艺兵如约赶到启先生住的小红楼时,老人家还在洗漱更衣。走进那间熟悉的书房兼会客室。启先生家的条案在书画家中差不多是最普通,也是最小的,而且永远被杂物占去一半,多少年从没见换过。桌上铺的毡子上的各色斑斑点点,就像是一个个美丽的哑谜。

我兀自站在他那张创作条案前,正盯着看,启老穿着睡衣从卧室出来,一面笑着和我们寒暄,一面在条案正座对面的椅子上坐下了,我慌忙上前去让他,他却执意不起,有点儿恶作剧似的用双手按下示意我坐正座,笑说:"你就坐那儿最好!"恭敬不如从命,我只好诚惶诚恐地坐在老人创作书画的位置上,直到采访结束。

当时乐呵呵的启老先生已八十九岁,精神和体力已大不如前,言语也不大利索了,却还带着八个博士和硕士。他说这不算什么,我的邻居钟敬文先生前些天住着院,在病床上还讲课呢,"钟先生差一岁一百,我是差一岁九十,他长我十岁还在工作,我岂敢偷懒"?他说这两天还和坐着轮椅的钟敬文先生在楼下草地约会呢,几个包子、几个馄饨地比着饭量,互相鼓励打气。

我们的谈话会时不时"跑题",但他还是讲了自小发愤读书,包括随贾尔鲁、吴熙曾先生习书法丹青,从戴绥之先生读经史辞章的事。谈得最多的是1933年后,耳提面命,受文史学家、教育家陈垣先生教益,怎样目睹陈垣先生"夫子循循然善诱人"。他说,对他来说,"恩师陈垣"的"恩",不是普普通通的"恩",而是"再造思想、知识的恩谊之恩"。

聊到怎样做教师这个话题,启先生说自己受陈垣先生耳提面命四十年,学到了教师该拿什么"范示群伦"。他夹叙夹议,列举自己亲历,从教师的备课、教课日记、课堂走动、批改作业、课堂板书等细节上分析教学原则,平实而精彩。

启先生有眼疾,记起他曾说过最怕记者拿灯"晃"他(拍照),我便说:"不拍照也没关系。"他指着摄影师侯艺兵说:"那还说什么,来都来了,就让他晃呗!"随后特意把上身的衣服换了,这一"晃"就"晃"了好几下。最后,像以往一样,他老人家仍然不理会我们一再请求留步,笑盈盈地送我们至门口。

在那间"一拳之石取其坚,一勺之水取其净"的坚净之居,我也再次领受了启功先生身上那种叫作"气象"的东西。

按照规矩,我把写好的稿子《启功:拿什么范示群伦?》传真给他过目。他用铅笔仔细改过后,让侯刚老师传真给我。2003年,我的新书《教育中国》出版,书名题字又得到他老人家允诺。

先生去了,这一切都不会再重现了。但是朋友们在言语之间,都相信启功先生是笑着去的。

  我腰伤初愈刚刚能动,自己开车到花店,按照心里的意思,以各式美好含义的白花为主,间插几株红玫瑰、淡紫的勿忘我,选用上好紫罗兰色棉纸围成高贵的裙摆,扎成花篮,送进先生的灵堂。先生大大的照片亲切依旧,我仰望凝视良久,心里默念:

  谢谢您,可敬可爱的启老。我就送您到这儿了,您老在天堂一定还高高兴兴、乐乐呵呵的。

启琴收藏中的启功书法作品
陆　宁

　　柳琴（爱新觉罗·启琴），满族。曾任《光明日报》主任记者、光明日报书画院秘书长、中国人民对外友好协会理事、北京满学会特邀研究员。

　　柳琴1951年生于爱国人士家庭，儿时随母恒贞研习中国传统绘画，后拜武林耆宿李尧臣为师习武。其间亦曾先后从师溥雪斋、溥松窗、郭秀仪、胡絜青等学习国画。用阎崇年先生话讲，柳琴是个侠女……

　　柳琴女士是清庄王后裔，与世宗第九代孙启功老先生为世交。启功说他一生同雍正皇帝一样以八大居士为友，三岁时就在雍和宫按照严格的仪式磕头接受灌顶礼，终生礼佛，号"元白居士"，和柳琴的父亲"元可居士"拜的同一法师。柳琴的母亲爱新觉罗·恒贞早年拜溥儒为师，一同曾在华北居士林学习过佛画。也正因为如此，柳琴女士和清端王后裔恒懿女士时时受到启功老先生的照应。因柳琴身上有着"侠女"的风采，故启功又为柳琴起了一个"代战公主"的绰号。

柳琴收藏颇丰。除去徐定茂先生在《收藏中的亚太地区和平会议美术设计》一文中提到的革命文物，还有齐白石、徐悲鸿、傅抱石、石鲁、吴冠中等著名大师的精品绘画，尤其是藏有启功老先生百十余幅的书法作品。

启功老先生书法独具一格、自成一体。据说当年有一次老先生的一位亲友让他画一幅画，但是不让他题字，这件事情给了启功很大的刺激，就此发奋练习书法。

中国书法体系分成两个系统：一个是碑学，一个是帖学。启功的书风从来没有浸染过碑学。他自己就说过，要"透过刀锋看笔锋"，"半生师笔不师刀"。老先生喜欢帖学的这种笔情墨趣。

从老先生的口述历史中可以看到，因其祖父擅长欧体，故而祖父所临的《九成宫》便成了启功最早的临摹范本。后来又获得一本颜真卿的《多宝塔碑》，继而通过临习逐渐领悟了用笔的起始转折。随着启功老先生开始练习赵孟頫的《胆巴碑》，又使得题画的功力逐日增长。与此同时又继承了董其昌的一些特点，减少了转折处的提按，很少圭角，整体上潇洒、清逸。行距较疏，横无列、纵有行，行与行之间较少穿插挪让，给人以空灵、舒散之美。后又借得一本宋拓本的《九成宫》，便将其拓成摹本，反复临习。20世纪70年代初又因得到了一本柳公权的《玄秘塔碑》，至此初步形成了自己的书风。老先生在《论书绝句》中总结说："先摹赵董后欧阳，晚爱诚悬竟体芳。偶作擘窠钉壁看，旁人多说似成王。"

启功先生的书法深受广大人民喜爱。

与其相反，当今却偏偏有一些什么现代书法家的怪书、丑书、展览体、艺术书法正在充填市场，无所不用其极地创新，绞尽脑汁地标新立异——草书就是一团乱麻，行书则手舞足蹈，奇丑无比。其实与古代的学子相比，这些所谓现代书法家的书法压根儿就不能叫书法。他们根本不是用笔在写字而是在"画"字，与艺术沾不上边。而旧时的读书人，写字是人生的第一门功课。十年寒窗苦，一朝跃龙门。无论是乡试、会试还是殿试，如果字写得差，考官就直接能把试卷给废了。

清人周星莲在《临池管见》里说："乃后人不曰画字而曰写字。写有二义。《说文》：写，置物也。《韵书》：写，输也。"

中国的书画与文人心性直接相关。《临池管见》还说，"字画本自同工。字贵写，画亦贵写。以书法透入于画，而画无不妙；以画法参入于书，而书无不神"。比如国画中就含有诗意。仅从画题上看，石涛有《疏竹幽兰》《细雨虬松》，髡残有《苍翠凌天》《云洞流泉》，朱耷有《寒江秋思》《芦丛栖息》，只看题目就觉得诗意盎然。古时文人又往往在画中寄托隐逸超俗的思想，出身明代宗室的八大山人朱耷出于对清代统治的不满，笔下的花鸟也几乎都是畸形的，而借以发泄内心的愤懑。

书法也一样。常言道，字如其人。这是源于西汉文学家扬雄讲的一句名言："书，心画也。"就是说书法是人的心理描绘，是用线条来表达和抒发作者情感心绪变化的。《临池管见》中也提到，"余谓笔墨之间，本足见人气象，书法亦然"。

王右军字体馨逸，黄石谷清癯雅脱，而李太白书新鲜秀活、呼吸清淑、摆脱尘凡，"李谪仙醉草吓蛮书"嘛。很难想象，一个打着书法家旗号而贪图名利的人会像颜常山忠义贯日月，其书严正之气溢于楮墨。这些人所谓的书法也不过是"秀"一下而已。令人啼笑皆非的却是这些人却偏偏自以为书法造诣很深，四处张扬，毒害市场。

其实过去求得名人的一幅字也是很不容易的事情。因为这些人知道，字一旦挂出去，就是自己的脸面，所以也不轻易把书法作品外传。据说在光绪年间，位于北京西单路口天源酱菜的老板就想求陆润庠来题写店面，但陆翰林一直没有允可。直到后来因为慈禧对天源酱菜制作的桂花糖熟芥大加赞赏，酱园店老板赶快就此给陆翰林送了几坛子酱菜过去，才借此求得陆润庠题写的"天源号京酱园"牌匾。后来又请到清末翰林王塎写了"天高地厚千年业，源远流长万载基。酱佐盐梅调鼎鼐，园临长安胜蓬莱"的藏头诗高悬于店堂四柱。

看一个书画作品价值的高低，除去作品本身的水平，还有就是作者本人的社会地位、名气、人品。

民国时期的于右任，曾任监察院院长，有一定的名气、一定的社会地位了。他写得一笔好书法，早在20世纪20年代便有"北于（右任）南郑（孝胥）"之称，书法自然也值钱，但于右任从不以此而揽财。据说一次路过台湾省台北市的和平东路街头，看到有家店铺的招牌是假冒他的字。于右任见后只是让店家摘了下来并亲自重题了一幅送给店家。店家实在过意不去，特送上一大笔酬金，而于右任拒而不受。

启功老先生也是如此。老先生从不打假，每每看到市场上有他的仿品后都以"比我写得好……"一带而过。

于右任、启功在书坛都是有一定地位的。

书法是与个人修为相关，练好字，要下一番功夫。

20世纪50年代中，我上了小学，开始就有大仿课，也就是毛笔书法课，用米字格的大仿本来描红。上课时老师用毛笔蘸水，在黑板上演示下笔、收笔等基本笔法。学生们在课桌上一笔一笔描画。记得刚开始上课时先学握笔，因为正确执笔是正确用笔的前提。执笔得法，写字时才能运用自如。毛笔的握法与铅笔、自来水笔不同，每个指头都有各自位置。执笔要有力，笔管要垂直。少儿时曾听老人讲，他们年轻时练字，手心握一鸡蛋、笔杆上端放一铜钱。手心握鸡蛋是为了练习掌心虚空，这样大拇指和食指间的虎口就会张开大些，运笔则稳实而灵活。笔杆上搁铜钱是要笔管保持正直。后又听说，学生练字时有教师出其不意从身背后拔笔，以执笔紧而不被拔掉为好。

《清朝野史大观·清朝艺苑·成王书法》一文中也提到了执笔，"成亲王，讳永瑆，为高宗第十一子。善书法。幼时握笔即波磔成文。少工赵文敏书。又尝见康熙中某太监言其师少时，犹及见董文敏握笔。惟以前三指握管，悬管书之。王故推广其语，作拨镫法，名重一时。士大夫得片纸只字，重若珍宝。仁宗特命刊其帖字行诸海内以荣之"。

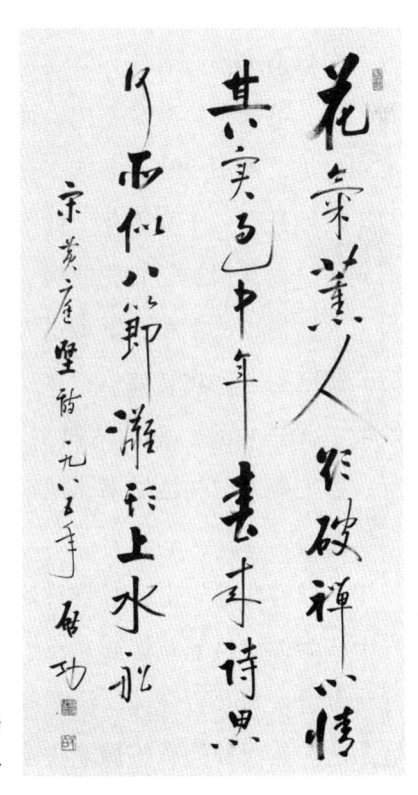

柳琴（启琴）所收藏的
启功先生书法作品之一

不用说文中提到的赵孟頫、董其昌了，文徵明也曾在《甫田集》里讲，"因极（李应祯）论书之要诀，累数百言。凡运指、凝思、吮毫、濡墨与字之起落、转换、小大、向背、长短、疏密、高下、疾徐，莫不有法。盖公虽潜心古法，而所自得为多，当为国朝第一。其尤妙能三指尖搦笔虚腕疾书，今人莫能为也"。

用三指握笔"其尤妙，今人莫能为也"。其实"学书在法，而其妙在人"。写字如同造房子，要讲究布局、搭配、容让。见沈括于《梦溪补笔谈》中说，"世上论书者，多自谓书不必有法，各自成一家。此语得其一偏，譬如西施、毛嫱，容貌虽不同，而皆为丽人，然手须是手，足须是足，此不可移者。作字亦然，虽形气不同，掠须是掠，磔须是磔，千变万化，此不可移也。若掠不成掠，磔不成磔，纵其精神筋骨犯西施、毛嫱，而手足乖戾，终不为完人；杨朱、墨翟，贤辩过人，而卒不入圣域。尽得师法，律度备全，犹是奴书，然须自此入，过此一路，乃涉妙境，无迹可窥，然后入神"。写好字必须认真练习才行，如王羲之"临池学书，池水尽黑"，而钟繇更是"卧则画被，穿过表"……

不过启功老先生通常就只是"五指双苞式"执笔。老先生认为，"执笔就如同拿筷子，能把宫保鸡丁夹过来就行"。清人戈守智在《汉溪书法通解》里提到了十二种执笔之法。然而目前有些执笔法已然失传了，但"单苞"与

"双苞"这两种执笔方法不仅在历史上曾经产生过极其深远的影响,而且现在依旧为人们所传承与使用。从实际效果上看,如伏案中楷,五指双苞执笔稳实,但如果悬肘行草就比较僵了,不如三指单苞灵便。

写好字还不仅仅是多写多练的问题,还要用心写。"文革"初期"四大"风行,漫山遍野贴满了大字报、贴满了大标语,最终也没有写出个"书法家"来。

唯一例外的,恐怕就是启功老先生了。

老先生常开玩笑说,自己的字属于"大字报体"。启功老先生书法的风格是从20世纪六七十年代开始逐渐形成的,这个时期的老先生书法风格与古人已经有了明显的区别,自成一家,用笔简练、爽利,清健而不秀媚,瘦硬而不多露圭角,起笔入纸迅捷而收笔"无往不收",同时还带有自己独有的一种"书卷气"。老先生说,这个时期因为天天抄写大字报,开始是在白纸上写,后来就是写在报纸上。有时可以伏案,有时就得站着,悬腕,往墙上写。代人抄写大字报,不仅精神放松,而且对肩、臂、肘、腕都是一个锻炼。大字报贴成一片,相互对比,就是"最好的锻炼、最好的比赛"。正因如此,老先生才能心无杂念、气定神闲地练字,自成一体。

陈师道在《后山谈丛》里讲,"世传,张长史学吴画不成而为草,颜鲁公学张草不成而为正,世岂知其然哉……"也就是说,张旭本来是要学吴道子的画的,结果

启功《山行》诗立轴

74

没学成，变成了书写草书。颜真卿也是一心要学张旭的草书，也是没学成，结果变成了写楷字。可见事无定规，要多看多学多练习，融会贯通。正如启功老先生，"文革"时期代人抄写大字报，伏案疾书或面壁悬腕，久而久之，则练出了一笔好字。

现从柳琴女士收藏的一幅立轴、纸本、行书杜牧《山行》诗的间架结构上看，就充分表现出了启功老先生书法的特征：中宫紧密，四周开放，而且微高偏硬，使得瘦金的感觉比较明显。作品的第一个字，按照老先生通常的习惯，蘸墨较多，也就是第一个字的墨往往要重一些。再看整个作品的点画、结体，安排合理，笔笔相连，没有废笔。作品上的钤印，一阴"启功之印"、一阳"元白"，是为老先生常用的两方印章。

这是1985年的作品，而启功老先生1985年前后的作品价值是最高的。因为这个时间段是其精力跟身体最好的时期，也就是成果最辉煌的时期。

柳琴收藏中的这份行书，可以说是启功老先生书法作品中精品里的精品了。

收藏文化精品似乎也是柳氏家族的一个显著特点。柳琴的侄女，曾为国药集团药业股份有限公司副总经理的吴杰女士同样收藏了一套张大千画册。前后数十张画页，有的"清新俊逸"，有的"苍深渊穆"，令人爱不释手……不过，这就是另外一个话题了。

我的北京生活
曹 炜

回学校，去取录取通知书。

其实学校只是我参加高考的地方，我的高中三年时光并不是在这里度过的，户口也是在读中学时从我爸下乡插队的泰兴县转回了苏州老家。直到高考的前几天，赶到苏州城里参加考试。

学校教育处的老师肯定不认识我，"你说你叫曹……"老师一边问一边在厚厚一沓信件中查找。

"曹炜，"我忙回答，"曹炜，火字旁的炜。"

"啊，有了。"老师说，"不错，北京的大学……"

我考上的是北京信息工程学院，原名为北京大学第二分校。按道理说，大学的分校并不是什么新鲜事物，例如美国加州大学就有伯克利分校、旧金山分校、洛杉矶分校等。然而在改革开放初期，北京、天津、上海等地迅速崛起了数所大学分校，不得不说是一件新鲜事物。

自1977年10月恢复高考，当年冬日，全国五百多万名考生满怀着希望走进了考场。然而受硬件设施限制，大学容纳不了那么多的学生。同时大量曾上山下乡的知识青年返城，又带来了极大的就业压力。于是天津率先提出了开办大学分校的模式，自筹资金办了十所大学分校。同时北京市市委市政府决定，坚持"依靠本校、面向北京、走读走教、群策群力"的方针，挖掘地方物力、财力，自筹资金，办好大学分校。最后在市委统一部署下，城区、近郊区腾出了一些中小学，有关业务局也腾出了废旧场地等作为分校的校舍。于是在20世纪70年代末时，北京一共办起了三十六所大学分校。其中北京大学、清华大学、中国人民大学、北京师范大学等都有分校，而北京航空学院、北京邮电学院、北京外国语学院、北京中医药学院等也办了分院。

我考上的第二分校创办于1978年底，是由位于德胜门外苇子坑地区的华北计算技术研究所自办的，校址就在研究所内。后与北京大学挂钩，设置计算机软件专业，也就成了北京大学第二分校。首届招生一百零五人，为四年制本科。

为了让大学教育的专业和规模适应各方面现代化建设的需要，几年后又对大学分校进行了一定的调整。例如建立了北京联合大学，原十二所大学分校改为学院，隶属联合大学。其中，北京大学分校为文理学院，中国人民大学分校为经济管理学院，清华大学分校为自动化工程学院。

我所就读的北京大学第二分校因为不属于教育部或

北京市所属的院校，所以没有并入联合大学，后改为北京信息工程学院，为电子工业部直属。几年后又与机械工业部直属的北京机械工业学院合并，在我入学的第二年，也就是2000年变更为北京市属院校，即现在的北京信息科技大学。

北京机械工业学院的资历比较老了，其前身是1937年成立的北平市立高级商业职业学校，新中国成立后升本为北京机械学院，位于朝阳区的小庄。20世纪60年代时小庄有两所大专院校：一所在红庙的路口处，最早是北京劳动学院，后来改为北京经济学院，也就是现在的首都经贸大学东教区；还有一所就是北京机械学院，在朝阳文化馆的后面，70年代初迁到了西安，为陕西机械学院。小院空了一段时间，直到80年代初，《人民日报》从王府井大街搬了进去。也还是80年代中，陕西机械学院研究生部与北京机械工业专科学校合并，变成北京机械工业学院。

随着学校的发展，前后陆续开设了计算机软件、计算机及应用、管理信息系统、通信工程和电子精密机械等专业，学校也占用了健翔桥的一块空地建起校舍，现地址为北四环中路35号。

我被录取的学校是第二志愿，我的第一志愿是南京邮电大学，结果没考上。1999年江苏高考3+2改革，那时候还是7月高考，考完后就填报升学志愿了，也不知道自己考的成绩。没想到的是，北京大学的录取线甚至都没有达到南京邮电大学的专科线。这真应了我奶奶的那句话:"上不到江苏的大学,就得去大城市长长见识吧……"就这样,我来到了北京。

当时所谓的北京大学第二分校不过是临近四环边的一片建筑群。大门只有两个红砖砌起来的柱子,上面挂着一个写着校名的木牌,和心目中的"燕园"有着天壤之别。临行前奶奶还叮嘱一定要照张相寄回家的,眼前的一幕瞬间也就没有了情趣。

同宿舍的小友们还都挺兴奋,叽叽喳喳地议论本周日结伴游北海、下周日结伴去景山……我是来自苏州,尽管苏州的园林大多是在姑苏区,其实苏州市里的各个区都有一些较小的园林。每逢休息日,我常去的地方是中关村。

中关村据说原叫中官村,中官是明清两代对太监的称呼,是为宦官义地。当年普遍认为北京西郊的风水好,魏忠贤、李连英也就都在西郊选"吉地",而恩济庄更是皇帝御批的太监公墓。除去中官村,还有一块明清时期的宦官、宫女的葬地是在东郊的定福庄,也就是现在中国传媒大学的所在地。相传定福庄的"福"字就是取自棺材上的福头,"定"的意思就是入土为安,有个安定的"身后居所"。

我经常去中关村游逛不仅是因为我是信息工程学院的学生,还有一个重要原因是校门口只有一趟386路公共汽车,正通中关村,而中关村又是我国第一个IT商业圈。

走在"电子一条街"上，有时会找个铺面，和店家聊聊四通、聊聊联想、聊聊科海，或者将刚刚学来的知识向店家卖弄一下，顺便侃侃机房的配置及386处理器。

不过，我最爱去的还是海淀图书城。隔着玻璃柜台看看摆放着的索尼CD机，下了无数次决心，工作后一定要用第一个月的工资来买一台。

我当时能买得起的，只有盗版光盘了。当时和同学们在"村"里淘换光盘，几近地下工作者接头。不过我们班有个北京的同学说他的什么什么人的什么什么关系认识一家卖光盘的，所以我们后来就都去那里挑盘。我当时买了一套"007"，是从第一部《诺博士》到第十八部《明日帝国》的，一共才花了一百元。在此之前我只看过《女王密使》，还是同学的关系领我在体委里看的录像。没有字幕，更没有配音，只有一个中年人结结巴巴地做着现场翻译，然而"007"从雪山上飞速滑下的场景还是给我留下了深刻的印象。通过光盘终于看到了一个金发的"007"罗杰·摩尔的演出，觉得和肖恩·康纳利各有特色。借用《野鹅敢死队》里的一句台词，"他可真帅……"

到了夏日的晚间，我和同学们往往就会在健翔桥下的绿地上乘凉望月。当时的健翔桥就是一座普普通通的高架桥，只是从我入学开始直到毕业离校，总感觉大桥一直在建。还有就是对面的华亭嘉园，当年的"豪宅"每平方米也就是四位数。到了我离校时，华亭嘉园里的塔吊还在转，而高架桥上遮挡的苫布也还没有撤下。

我毕业时是2003年，当时除了广州，北京的非典也是比较厉害的。我当时是一心想回苏州，然而已回到苏州并在政府部门工作的父亲却让我"响应政府号召，在京亲属不要随便返乡"。于是……于是我就留在了北京。

我一直就职于首都信息发展股份有限公司（简称首信）。以"首"字起头的，一般都是北京市国资委所属的核心企业，例如首钢、首创、首开、首旅、首发、首农，还有我们首信。

转眼间我在首信已经工作了二十年。二十年来，首信在北京市政务网、政务云、医疗保障系统、12345接诉即办系统、城市副中心信息基础设施等方面做了大量的工作。值得欣慰的是，其中也有着我的一丝微薄之力。

怀念我的出生地——索家坟
张铁华

自李自成全面撤出北京,摄政王多尔衮宣布"定鼎北京",顺治帝出于安全考虑,在京城实行旗、民分城的政策——"凡汉官及商民人等,尽徙城南居住"。这种分城居住政策使得北京内城成了八旗分区驻防之地。当年具体安排之一:左翼,从安定门城根到东直门内与府学胡同之间为镶黄旗所属。

我家就是镶黄旗,当年老宅在东直门内的海运仓胡同。

东直门内海运仓胡同呈东西走向,全长四百九十三米,属于北京内城。其实东直门一直与漕运关系较深。当时没有铁路,往来物资大多通过船运。自明代疏通通惠河,漕船直抵城东,大批粮食以及木材等都通过东直门运进城里。原来的海运仓就是旧时皇家的粮仓。

东直门还有一个用途,那就是往城外运死人。早先东直门外多为空地,后就成了一片片的坟地。而东直门内大街上就多了一些棺材铺和杠铺,于是就有了"鬼街"的说法。大约是在20世纪80年代末，在这条街上率先出现了二十四小时营业的餐馆。那时候除去火车站很少有这样经营的，于是就渐渐地"火"起来了，形成了餐饮一条街。借其音同，"鬼街"便被写作"簋街"了。

我们家也曾在东直门内大街上开了一家"杠房张"，经营殡葬服务。当年从事殡葬业务的还分杠房和杠铺。杠房主要是承接清朝贵族、汉室大员以及显贵富商的殡葬服务，安排仪仗鼓乐等执事，筹办殡葬所需灵杠、棺罩、孝衣、幡伞等物品。杠铺是替普通人家办理丧事的，承做祭祀的纸活，即用纸糊的车船轿马牛伞、讣人、箱柜、楼库等。

不过我爷爷没有从事杠房业务，而是年轻行医，姻缘相连娶了北京城东北索家坟的奶奶，最终成家落户在索家坟了。我就是在索家坟出生的，一直生活在那里，是一个地地道道的老北京人。

爷爷在青年时期留学法国，具有丰富的临床经验，回国后行医治病。因为高尚的医德、高超的医术，远近闻名。当时爷爷建有家庭医院，给病人操刀手术都在家里进行。从药房、手术器具，到手术室消毒隔离等，配置一应俱全。屋檐下悬挂获赠的五幅匾额中，写有"妙手回春""悬壶济世"等文字，爷爷在当地赢得了良好口碑。

父亲跟随爷爷学医，秉承爷爷救死扶伤的医德家风，积累了丰富的临床经验。爷爷曾被当地推荐为镇长，父亲也担任过当地的东辛店中心小学校长。由于我和姐姐自幼生长在医生世家，受到家人医学的熏陶，姐姐选择从医，并于北京医学院医学系毕业，也走上了从医之路。我很喜欢读书，尤其是医书，终生不离手，成为一位热爱医学的人。

20世纪40年代末，我出生在索家坟，那时候村子不大，只住有十几户人家。

索家坟虽然村子不大，也不出名，但成村子的历史不短。索家坟是在明朝时经由山西洪洞县大槐树移民而形成的村落，至今已有六百多年历史。

说起索家坟，在这里必须还要说北京西直门桥往北也有一个相同的地名叫索家坟。那个索家坟是清初康熙四大辅臣之首索尼家的坟地，后来索家后人把家族过世的人都埋在了西直门外的索家坟。

而我家索家坟，其位于北京市朝阳区东北部，东靠京顺路，西邻五环路、京包铁路和望京社区，北邻温榆河绿色生态区，北京地铁15号线从村中穿过。

在2010年北京市城乡一体化土地储备建设中，北京市朝阳区电子城北扩，原来我所居住的索家坟和那红砖老宅就都消失了。

原来的索家坟，是北京市朝阳区崔各庄地区下辖的一个自然村。在清朝，这片区域方圆数十公里，有很多清人的墓地。而赵家坟、李家坟、费家坟、索家坟等以"坟"

字命名的村名，因村子里看坟者有不少是随园寝墓主姓，故很多村名都带有一个"坟"字。

1947年索家坟属于大兴县，后改属于通县。1956年划属东郊区，1958年属朝阳和平公社，1961年改为中阿友好公社。1996年索家坟成为北京市朝阳区崔各庄地区下辖的行政村。2010年索家坟划为中关村电子城北扩区域。

根据索家坟王氏家族记载（也是我奶奶家族宗亲），其始祖是在明永乐年间自山西洪洞县大槐树出发，王氏兄弟四人先后迁途路经河南、湖北，最后落脚湖南。因为南方夏季高温湿热和多雨，发生严重的水土不服，只有一人留在当地后来成婚定居湖南，其余三兄弟经商议折返北上，最终定居在了索家坟。

索家坟南邻大望京村。据当地村民回忆，相传清朝乾隆去承德避暑山庄度夏，皇帝御道正好路经此地。当乾隆帝登上高岗遥望京城方向，仍可模模糊糊看到东直门城楼。于是皇帝"龙心大悦"，遂将村子命名为"望京"，这就是"大望京"成村的历史。

史书记载，望京作为地名最早出现在辽代，至今已有千年历史。在清朝时期皇帝御道穿村而过，御道两旁都有商铺、酒馆等，热闹非凡。

20世纪90年代初，望京地区开始大兴土木，逐渐演变成了现在的望京社区。

朝阳区在崔各庄区域内进行文物普查结果显示，现存区级文物保护单位有北皋村菩萨庙、东辛店村关帝庙、善各庄村娘娘庙、费家坟村的广寿墓碑、马泉营村的哈岱诰封碑、北皋村的王进泰墓碑等。这些文物古迹遗存上至明初下到清末，特别是三座庙宇，具有较高的历史研究和文物保护价值。

索家坟村南侧的大望京村，其周围就曾有几处明清时期显赫人物的豪华墓地，在村东头有"小毛坟院""老吕家坟院"等较大规模的墓地，目前仅清末军机大臣、大学士世续墓地的几间殿房和两株马尾松保留了下来。

在索家坟西侧是望京区和来广营村，北侧是崔各庄村，东侧是费家坟村、马泉营村、北皋村和南皋村。费家坟的广寿墓碑和神道碑就位于现在的费家坟村东侧的公路旁。广寿，字绍彭，满洲镶黄旗人，中国近代史上著名政治家、书法艺术家。历任吏部尚书，兼总管内务府大臣，先后担任清同治、光绪两代帝师。其死后清光绪帝御赐墓碑，并专门派人守坟。

石碑现被铁栅栏围住，上面刻有光绪十一年（1885）等几个大字，为翁同龢真迹。古碑高约四米，宽约一米，地面可见部分约为二点五米，底座为一龟趺，碑面四周环刻着龙形图案清晰可见。

马泉营村的小区楼群中有清代哈岱夫妇墓。哈岱为清正黄旗蒙古人，随顺治帝入关。现墓丘已经荡然无存，但墓地尚有清乾隆十四年（1749）所立驮龙碑，即哈岱诰封

广寿墓碑

碑和谕祭碑两块大封碑。

在南皋村北小河北侧的北皋村南有一块大石碑。此碑为清乾隆五十二年（1787）敕封已故有战功的都统王进泰，褒奖其功绩的纪念碑。该碑坐南朝北，龟趺螭首，碑文满汉合璧，额篆"圣旨"，碑阴无字，其后人在南皋村住。

由冯其利先生著的《京郊清墓探寻》一书收录了一百四十六篇有关清代墓葬的文章，其中包括崔各庄大学士伊里布墓、大望京村大学士世续墓、大望京村将军徐治都墓、北皋村的都统王进泰墓、草场地村的完颜氏墓、孙河镇尚书科尔可大墓和东湖渠村尚书顾八代墓等，但这些古碑古墓目前多已无踪迹可查了。

早霞之际
金丽娟

清晨,太阳染红了天边,赤红的霞光与幽蓝的天空交会,粉光弥漫。沉寂的街道渐渐出现生机,阳光照耀下,忙碌的城市开始迎接新的一天。

西城区广安门外,阳光照进屋内。我忙向楼下望去,看看天气,计划穿什么衣服,只见已经有老人、学生和匆忙的上班族纷纷走出小区。人间烟火气,最抚凡人心。如果柴米油盐是生活的标配,那厨房飘出的烟火也是好日子。早晨时间最拥挤。起床困难户的我,自从有了孩子小宝,就再也没有睡过懒觉了。厨房里的设备都要上手,微波热牛奶、平锅煎鸡蛋、烤箱烤肠和面包,这时也没有梳头洗脸,慵懒样显示出妈妈的诚心。全屋疾走,只为给小宝做份早餐。虽然简简单单,但也用了心。每看到小宝吃成光盘,便是激动,即便吃一半也算安慰。没动几口就要琢磨,想着明天做些什么。早餐真让人头疼。吃过早餐最爱和小宝一起上学,手拉着手,从肉肉嫩嫩的拉到硬朗挺脱。不知什么时候,他不再依赖着我挽手同行,变成不爱交流又腼腆的大男孩。一路上，我们有时看看路边的绿树红花，有时聊聊学校里发生的事情，也会试问小宝一些课程问题。但小宝越发不爱回答我的这些问题，或者不愿意去认真思考。侧望他背着书包的背影，岁月让小宝长大了，是快到显露锋芒，去熟悉世界的男孩了。静待花开，未知的成长之路是糖果是苦涩，也许等待我们的是经历和智慧的流金岁月。

　　孩子就是这样不知不觉、慢慢长大的，慢慢地也发现自己的白发从里向外冒出来，想管也管不了，自然生长是最自然的吧。想起自己小时候的事情，五六岁时，妈妈把我送到邮电大院的幼儿园门口，等到骑着大横梁的妈妈走出不远，我便悄悄跟在后面抄小路跑。等她进了单位，我喘着气已坐在妈妈办公桌前了。妈妈是做财务工作的，忙起来就顾及不到我的捣乱。我最喜欢的是拿出一沓格纸及红印泥，在纸上工工整整盖满了印章，再盖些数字，撕成纸片制作成一毛、五毛的票子，扒着算盘做起小买卖交易。我的数学几乎都是在玩中学的，不像现在，领着小宝在超市看标价，心里还要反复默算价格。记得我上小学第一天，妈妈送了一次，后来就是自己来回往返了。脖子上套好钥匙，写完作业便跑出去玩。有时作业也是在屋外小房的房顶上完成的，边写边往下望一望。写完作业，把书包往院子里一扔，就从小墙边上跳下来，蹿到孩子堆中了，直到听到大人喊吃饭才回来。童年的快乐是欢乐和无忧组成的，流淌至今，时时想起来装满了有趣的故事。现在，我们每天催促着孩子吃饭、洗澡、睡觉、起床、学习，他们双眼表现出的不快乐不由得使我们想起快乐的初衷。还是给予他们快乐吧，快乐现在就在我们身边，只等我们停下来、弯下腰、捡起来。

　　说起北京的春天，雨水少也很短暂。春之初的北京最能折腾，脱了棉衣穿单衣，脱了单衣还可能换回羽绒服，这个特点就是"倒春寒"，按老人话说，这个时期还是要捂一捂，小心寒气入身。人间最美四月天，北京的春天也在慢慢揭开一丝一缕层层围裹着的面容。突然抬头望的一瞬间，小区向阳的玉兰花不知什么时候已经绽开，背风的花骨还含着苞朵，桃花一波一浪地相互追逐，柳条也一骨碌爬了起来，整棵树都绿油油了。护城河两岸密匝匝的海棠丁香，街道边的小花园就已经是春天的景致了。周末空闲，一家人就讨论去公园看什么花。起初小宝抵触和我们逛公园，可能是自己感觉提前上了老年生活了吧。不过最终还是拗不过大人，跟着去公园赏花。公园的花一簇簇一蓬蓬的，人们有赏桃花的，有看杏花的，有观樱花的，更有拍海棠的。满眼的春色，不愿拍照的人们也会凑上前拍上一张。小宝好像已经忘了不愿意来赏花的事儿，拥抱着我一起拍照或给花朵拍照，说回家要制作一个视频，发朋友圈晒晒春天的美景。春花与景色、奋斗与热情交织在一起，春去春来默默地陪伴着北京这座古老而现代的城市一路前行,在高楼大厦中穿城,有那么些绿色、花色会显得格外清新和可爱。春天召唤着大家歇歇脚吧,用变化的色彩带来复苏和生机,让匆忙的我们暂停寻梦的脚步,调节一下疲累的身心,把自己深深地埋在春天的花海里。

时间,总在不经意间悄悄流逝。我在北京生活十多年了,喜爱北京,但心中也迷恋家乡的安逸、宁静。行走,在我心中已是一种生活方式。生活在一座繁忙的城市中,每天有处理不完的事情,有很多话说不出来,有一些事情做不了,这个时候,行走的意义就在这里,不为逃避,只为面对。

在我的家乡,早霞之际,人们赶上羊群、牛群,骑马放牧,扬鞭而去。光影之处,方寸之间,呈现的是草原的万千气象。我的家乡并不遥远,素有"草原明珠"之称,南邻京津冀,飞机、公路通达江海,北京到锡林郭勒的草原"动车梦"也即将"圆梦"。草原与北京从"远亲"变成"近邻",以它的历史文化、草原风情,也让北京人民多了一个暑期出游的打卡地。

行驶在207国道,公路两侧是延续不断的山岭。一碧千里的大草原,绿色的牧草、红色的灌木、白色的绵羊、黑花的奶牛、高大的骏马杂落其间,像一位浪漫的艺术大师将道路两边的风景涂抹得绚烂多彩,如果六七月来到草原,傍晚时分,泥土中都夹杂着青草香和淡淡的牛粪味道。日照西斜,抬头望见橙红色的夕阳,满眼留着霞光,迎面吹来微凉的晚风,耳边传来由远而近的牛羊的蹄声、叫声,便知是牧人放牧归来。每每我要回家乡时,总要约上三五好友一同前往,让大家一起感受草原人民的善良、热情、豪爽。置身于大草原中,映衬着蓝天白云,心情就极为放松,感受到无限的喜悦和满足。相约在草原深处,分不清天与地,草色入蓝天,有"绝活"的男人们开始搭锅建灶,在深深的泥土中挖出锅的形状,下面铺好木炭和牛粪,将锅坐好,把刚宰杀好的羊放入大锅,水温上升后,加入少量的调料开始炖煮。我们将洗好的黄瓜、西瓜、西红柿放在小河边镇凉,然后领着小宝及孩子们挑选马匹,上马扬鞭,即使是小踏步也感觉是在草原上肆意奔跑。孩子们胆子也大了,时而小跑起来,大人紧跟在马后不停地相互拍照。一群人、一群马,嗒嗒的马蹄和欢乐的尖叫声划过悠闲的长空。下马瞬间,松开了紧握的缰绳,四肢开始回归躯体,绷挺的背也开始柔软了下来。孩子们都喊屁股疼,又紧张又刺激。还有的一边喊着一边还会再骑上一大圈。开宴了,我们将煮熟的羊肉放入大盘子里,蒸腾的香气扑鼻,高贵的哈达戴在胸前,也要学说一句"他赛拜努"(您好)。配上烈酒,听着深沉、粗犷、激昂的马头琴,浓郁的草原韵味尽上心头。月色下燃起熊熊的篝火,有人躺在柔柔的草地上"游泳",有人学着狼的样子嚎叫,小宝和小伙伴们看着大人们出丑的样子笑得肚子疼,其乐融融,好温馨。天上有明月、星星,这时的我们和大自然融为了一体。钻进睡袋,仰望草原上的星空,漫天繁星铺满星海。只要在草原中,任何地方都能观赏美丽星空,睁眼就是漫天的星河,闭眼就能听到小动物们的穿梭声,旁边还有围坐在草地上的人们,喝着酒,聊着生活……

又是一日清晨,家中阳台上的两只小鹦鹉"叽叽喳喳"的声音把我叫醒了。慵懒地伸伸胳膊,趴在窗前远望,望着淡蓝色的天空就如同家乡的那样,没有一丝杂质。再远望,隐约看到了北京的西山。周末的清晨充满了活力,我愿以这种姿态,仰望生命的姿态。

我在北京当中医
周　凡

我出生在涿鹿，这是个隶属河北省张家口市的小县城。对于涿鹿，大多人可能比较陌生。但要是讲起历史，大家可能隐约听过这个名字。五千年前，中华民族三大人文始祖黄帝、炎帝、蚩尤大战于此，最终"定都涿鹿"，形成"和为贵"，实现了中华民族的融合与统一，创造了中华民族文化传统的"龙图腾"，开创了中华五千年的文明史。

涿鹿位于永定河的上游、桑干河的下游，北与下花园交界，西北边则隔着黄羊山与宣化区相望。西南与蔚县毗邻，东南和北京市的门头沟区及保定市涞水县接壤。东北则与怀来县相邻。涿鹿距离张家口市区七十五公里，距离北京市区一百三十公里。尤其自2011年有了涿鹿直通北京的公交车，更加方便了两地之间的往来。我的父母还在我上小学时就到北京工作了，我暑期放假时就来北京找他们。

我在读高中以前一直和爷爷、奶奶生活在一起，记得那时候家里吃菜蔬基本自给自足。秋收之后,爷爷、奶奶就会腌几大缸咸菜、酸菜。到了冬天,每天就是土豆和酸菜粉条。尤其是酸菜,顿顿都有,以至于我现在看见酸菜就烦。当时我就特想来北京,想在父母身边吃的饭食:炒饭、饺子,还有炸酱面……

俗话说,人吃五谷杂粮,必然就会生病。小时候生病了自然是去县里的小诊所。口耳相传哪个医生"特厉害"就去找哪个医生。然后捧着一堆花花绿绿的药片回家。稍微严重点儿,比如发热了,就要输液。其实据爷爷讲,爷爷小时候如果淋雨冻着了,就是用热水烫烫脚,即便发热,也只是啃大葱或切两块姜片贴在脚心上。当年还有走街串巷的郎中,号号脉,推拿几下,也是很管用的。

我从小怕西医的打针,尤其是看着挂在点滴架子上的玻璃药瓶就不寒而栗,于是高考时就选择了报考中医。当时家里人都劝我慎重考虑,告诉我这个专业需要一直学习的,一代名医孙思邈说过"读书三年,便谓天下无病可治;治病三年,便谓天下无方可用",中医是要"活到老,学到老"的。由于中医讲究的是个体化的诊疗,也就更加注重个体的处理能力。扁鹊说:"人之所病,病疾多,而医之所病,病道少。"不过,我想,只要勤奋,我就一定会当个好中医的。

医学生的生活的确有点枯燥无味。每天早晚自习,看着一些选择其他专业的高中同学经常在没课的时候出去逛街，晚上早早回宿舍躺平，真的很羡慕。不过一次亲身经历为我枯燥的大学生活添了把火，使我对学习中医的兴趣重新燃烧了起来。有一年，我的扁桃体反复发炎，开始也是输液，最严重的时候医生说要切掉扁桃体，我妈不同意，为此还大吵了一架，后来在我妈的劝导下我试着找了学校的老师，吃了一个月中药，从此以后扁桃体没怎么发过炎。

大学毕业前夕，我也和其他同学一样准备考研，这个过程真是一波三折。在备考的时候和同寝室的一个女生一起租房子，没多久她就严重焦虑了，导致我们俩的情绪都非常差，于是我不得不搬出来住，开始了自己艰难的学习之路。好不容易等到了复试通知，结果第二天有两个自称学校老师的人打电话给我，告诉我不用去复试了，因为根本就不会录取我。我赶紧拨通了学校官网电话，接电话的老师告诉我没有人发过这种通知，让我正常去参加复试。于是我买了两天后凌晨四点的机票，前一天和爷爷一同来到北京，在父母居住地等待第二天的行程。不料天公不作美，晚上突然下起了暴雨。零点时分接到航空公司的短信，凌晨四点的飞机停飞了，恢复时间待定……这场暴雨就此彻底冲断了我的研究生之路。爷爷说我没有读研的命，莫强求。辗转回家，到家后大病一场，高烧不退，在床上躺了两周，什么事情都不想做，也彻底放弃了再次备战考研的心愿。

随后我还是毅然决然来到了北京，觉得这里工作多、机会多，也能学到更多的知识。开始找工作时也是处处碰壁，医院、诊所一看我是刚毕业的学生，就回绝了。后来终于在一个中医馆找到了一份医生助理的工作，我挺喜欢这份工作的，因为接触到的都是三甲医院的专家，跟着老师们可以学到很多东西。我一边跟着老师们学习，吸收老师们的经验，一边积累我自己的知识，慢慢地我也开始给人开方看诊了。

为了更好地提升自己，我找了第二份工作——在朝阳某个社区医院工作。在这里接触了更多的基层患者，大部分都是附近的老年人，不方便用手机在三甲医院预约挂号而来社区医院就诊的，也有一些是在医院附近打工的人。

《围城》里说，"科学家像酒，越老越可贵"，做中医者亦如此。大家一般认为，中医大夫的医术高低同其眼角的皱纹深浅成正比，配方的精细取决于面目的沧桑。我刚开始出诊时，因为是女孩子，加上身材娇小，好多患者都不会选择就诊，而要去找年纪大一些的看诊。看着其他医生一个接一个给患者把脉，而我这里只有稀少的几位患者，心里很着急。可是着急也没有办法，谁让自己看着这么小呢。同事说，你可以往年龄大一些上来打扮，于是我又改穿看起来要老一些的服装。同事看到后全笑了起来，又说你怎么像一个小孩偷穿了大人的衣服似的。我就感觉真是没辙了，我只想当好大夫，看病治人，从来没想到还有那么多复杂的事情。

2023年12月中，北京连日大雪。我的诊室面对着东三环内的一条大街。看着窗外鹅毛大雪，过往路人急匆匆地行走，医院里面却很安静，天气的原因也给我们在医院上班的人"放了个假"。闲时看看书，和同事聊聊天，互相探讨一些病例。年底是医院一年中最忙碌的时间，患者要赶在年底能报销之前就诊。加上近日流感患者增多，来医院就诊人数大幅度增加，每天忙到没有时间去卫生间。

医生这个行业能接触到不同类群的人，来社区医院的有自费患者也有医保患者，不管是什么人群，作为医生都会一视同仁。当然，有的时候也会遇到胡搅蛮缠的"奇葩"患者，把自己的情绪也给带差了。尽管《史记·扁鹊仓公列传》里也提到，"病有六不治：骄恣不论于理，一不治也……"但是又想起爷爷说过"百病生于气，气出病来没人替"，并以此宽慰自己，还是继续奋战在我的岗位上吧，为更多的患者行医治疗。

白 色

曲 光

北京有很多"上了岁数"的小区，这些小区需要专业的物理条件改造，也需要暖心的便民服务提升。我工作的主要内容是"老旧小区改造+社区长效运营"，具体任务为，按照最广泛居民的共识，帮大家给小区做个"手术"，同时还要管"术后康复"及后续的"健康快乐"。这项工作不是简单的一个项目，更像是一个全生命周期的"系统工程"。久而久之，感觉自己就像是与社区产生了感情，要对社区负责。这种感觉来源于与社区居民一点一滴的互动积累，每一次为大家解决一个小问题，促进大家达成一个小共识，为大家解决了一个小矛盾，日积月累，我发现我和社区成了家人。每天扎根在社区里，有很多人和事令我感动，我一直希望我可以做更多，为社区持续带来一些改变。

今天故事的主角是白阿姨，一位性格"奇怪"的独居老人。

第一次与白阿姨见面是在2021年4月，小区改造方案开始进行公示宣讲，白阿姨反对她家楼前的宅间改造方案并到居委会多次投诉，负责方案宣讲和项目管理的两位同事多次与白阿姨沟通无果。眼看要到项目开工日期，我只能出面约白阿姨见面沟通。我与白阿姨聊了三个小时，除了讲设计方案和沟通解决思路，更多的是聊了一些家常，希望大家都能换位思考、相互理解。可能是我的真诚感动了她，白阿姨最终选择让步，接受我提出的折中方案，"保留增设停车位，但数量从十个减少到五个"。也是这次沟通，我对白阿姨有了初步了解。那天我印象特别深刻的是，白阿姨说如果她再年轻十岁，也想跟我们一起干这份工作。这句话也许是对我们工作最大的认可了。

经过方案公示、宣讲，解答居民疑问，吸取居民的合理建议修改改造方案等，项目顺利开工建设。令我意外的是，动工第一天就又出现了居民现场阻拦，我与几位同事立刻到现场协调。现场居民分为三个派系：一、反对实施方案，要求增加更多的停车位；二、反对增加停车位，要求在现状基础上提升翻新；三、支持改造工作，但是不同意搭设封闭围挡，理由是老年代步车出入不方便。白阿姨是第二派系代表。现场吵成"一锅粥"，吵着吵着就变成了居民与居民之间开始翻旧账，把多少年以前的邻里矛盾都翻了出来，吵到最后变成了三方无理由的反对——"你认为对的我就反对，你认为错的我就坚持"。前面提到的第三种情况通过解释沟通及现场灵活的调整都得到解决了，但第一种和第二种矛盾就比较棘手了。经过几天的沟通调解、召开居民议事，始终不能达成一致。为了不耽误现场进度，我们对该方案对应的楼栋进行了全面入户调研，针对是否增加停车位这个核心争议点进行了居民全体投票。最终结果是：参与率达到百分之九十五，其中反对增加停车位的居民达到百分之七十。从而依据《民法典》的相关规定确定了改造方案，以白阿姨为代表的第二派系获得了"胜利"。

项目改造完成后有大半年的时间没有见到白阿姨了，直到第二年春天，我的物业经理跟我反馈白阿姨最近一直在投诉自行车棚收费的问题，沟通了好多次，白阿姨还是不满意。我与白阿姨打电话，邀请她来我的办公室喝茶，详细听取她的诉求。原来在车棚改造之前，停车费是每月四元，改造后增加了电动车充电设施和门禁，收费改为每月七元。白阿姨的车是老款的自行车，不需要充电，她认为应该还是按照每月四元收费。我提出了几个解决方案，最终和白阿姨达成了一致。其实现实中绝大部分居民的自行车都不存放在收费停车棚里，一般就放在楼门前。我跟白阿姨聊了一会儿家常后问白阿姨："您为什么非要花钱把一辆老式自行车停在自行车棚里呢，停在楼门前不是更方便吗？"白阿姨说这辆自行车是她结婚的时候她爱人给买的，虽然现在不太好用了，但留着是个念想。我和同事听到这里恍然大悟，原来这辆自行车对白阿姨来说有着特殊的纪念意义,聊到这里看到白阿姨的眼里泛着点点泪光,我突然感觉到,其实社区里的某些小问题根源并不在问题本身,只有找到居民真正的诉求点才能做好社区服务工作。送走白阿姨之后,我跟物业经理也聊了很久,嘱咐他以后多关注白阿姨,就像对待家里长辈一样,经常主动地问候和关心一下。

2022年10月1日至7日,我们在社区举办了一个为期七天的公益活动,其中10月7日的活动是邀请残联进社区,对有听力障碍的老年人进行免费检查,对符合相应条件的老年人免费赠送助听器。因为之前了解到白阿姨有一只耳朵是听力障碍,白阿姨还给我看过她的残疾证,我10月6日给白阿姨打电话告诉她这个活动,希望她有时间可以来参加。又过了一段时间,我早上刚走到社区门口,远远地看见白阿姨从超市走出来。我忙走过去跟白阿姨打招呼,问白阿姨是否去参加了"残联进社区"的活动,她很开心地回答说:"我参加了啊,还做了登记,后面能免费领到新的助听器,真是太好了,谢谢你。"我也很开心,说白阿姨你以后有什么事儿需要帮忙随时找我,白阿姨拿起手中刚买的糖葫芦送给我,那串糖葫芦应该是世界上最甜的一串儿了吧。

我们平日里的工作总结、汇报、报告等写过很多很多,但如果真要了解工作中的问题,还是去写一写社区居民的故事吧。告别刻板的总结和空话套话,去掉华丽的辞藻和修饰，用最朴素的语言和感情去记录。

这篇文章的题目为什么是《白色》？人生短暂，学习是修行、工作是修行、家庭生活是修行，每一次起心动念、喝水吃饭都是修行，在人与人交往、人与物互动、人与自然沟通的每一个瞬息都是感知。我认为的白色不是视觉的白色，而是一种感知的白色，它代表的是温暖、纯洁和无限可能。白阿姨的"糖葫芦"让我感受到了白色的温暖，让我感受到了白色的力量，让我感受到了人与人之间的真心相待。

人再忙都要回家。社区是社会发展的基本单元，希望通过我们的工作能够使社区更加有人情味儿，能够向着更好的方向发展。在小区改造和运营的过程中，通过不断了解居民诉求、居民冲突、历史形成的矛盾等问题点，借着小区改造的过程，为这些问题找到一个出口，为这些矛盾找到一个"台阶"，化解人与人之间、人与社区之间的症结，为社区未来的发展奠定一个和谐的基础，这才是做社区改造、社区运营的最大价值。不管我们在社会上是什么角色、职位，当回归社区时，大家都是居民，每个居民都有不同的诉求，但其实大家的诉求并没有特别不一样，社区与居民之间是互动、互惠、互利的关系，社区的问题没有大事儿，都是可以聊的。居民是社区的细胞，社区是社会的细胞，我们一起努力，治愈生病的"细胞"，让我们的社区越来越健康、越来越美好。

黄瓜园的陈老先生
赵笑荷

在展览路附近，首都北京第一个住宅区——百万庄的南边有一片苏式住宅区，低矮的红色小多层构成了主要建筑群。我曾在这里的养老驿站工作过，对这片小楼有着亲切的感情。

黄瓜园社区位于百万庄南街与百万庄大街交叉口南，东起百万庄南街，西至百万庄南里，北起中国地质科学院，南至百万庄南街。旧为菜地，称为黄瓜园。20世纪50年代，一机部建设了办公楼和宿舍楼，沿称为黄瓜园小区。西边也建了楼，称为西黄瓜园，后改称为百万庄南里。黄瓜园的东边叫作扣钟北里，据说早年有个扣钟庙，但在民国时期就连院墙都没了。到了1958年，那口大钟被送进了高炉。随着梁思成先生和陈占祥先生提出的《关于中央政府行政中心区位置的建议》，机械部入驻了白庄子，并改名为百万庄。1965年时由于命名了扣钟胡同，扣钟庙之名也就废止了。扣钟胡同南一巷至南十一巷的平房改建为新楼区，命名为北露园。北露园以西、扣钟胡同路南的黄瓜园在此期间没什么大变化，名字也保留了下来。

其实什么百万庄黄瓜园的建筑历史对我来讲，都没有人的历史重要。

我记得第一次来驿站面试，是在黄瓜园社区南边的一个小办公房，那是百万庄住宅区，第一眼就莫名觉得亲切，给人一种朴素大气的感觉。后来才得知这片住宅区是新中国北京第一个住宅区，是由张开济先生领衔设计的，形成以申区为中心的十二地支环绕的百万庄住宅区。我平时办公，就在百万庄住宅区南边的黄瓜园社区里面的养老驿站，经常穿梭于黄瓜园和百万庄社区之间，以照护管理师的身份入户去探望老年人，为他们建立健康档案，测量血压、血氧和血糖等指标，帮助家人提升照护技术，协助处理一些他们提出的各类养老问题。

在入户的过程中，我就发现这里居住的老年人和家属与我之前在其他地区接触的老年人有很大不同。这边的老年人及家属，居家环境和衣着朴素，言谈举止间礼貌且谦和，他们的晚辈有的留学海外，有的是单位里的重要技术骨干，但是官员不多。老人一般不愿意麻烦别人，受到一点点帮助和关爱就非常容易感动，同时他们的身体也相较不那么健朗，这也许与从事脑力劳动有关。

在服务过程中，我认识了一位叫陈彧明的老人，当时他已经九十九岁高龄，一目失明，糖尿病多年，身体衰弱但精神矍铄，眼神明亮，笑容和蔼慈祥，由七十多岁的长子一直照顾。老人和家属都非常有教养，且有诗书气质。

陈老的客厅和卧室里还是铺的实木地板，磨得旧得不能再旧，小客厅的墙上挂着陈老壮年时候的照片。卧室里有一个木床头的双人床，现在已经成了更换护理床的累赘，因为同样年迈的长子也没有体力和精力更换更适老的家具。我入户的时候，常常能看到陈老坐在自己写字台前的单人沙发上，用一只眼睛的残余视力阅读每天的报纸（写字台上总是有很多种报纸）。有一次我为他测血糖时看到桌上扣放着一本《三体》，一问才知是长孙来看望老人时留下的，陈老有时会看几页。除了常规的测量，有时候我会跟陈老聊聊天，他也会笑眯眯地和我拉拉手。我十分敬重这样的老人，期待着能有机会了解老人的故事，但苦于工作繁忙，每次入户探望都是来去匆匆。

聊天中得知，陈老是当年黄瓜园小区的高级设计师。他用南方口音和我谈起原来在上海工作时的场景。他年轻时候辉煌的作品都留在了上海，以工业厂房设计居多。也许越到年长，念念不忘的越是家乡。不知什么原因，他家没能取得现在自己居住的这套公房的产权。

后来我因为工作调动离开了百万庄黄瓜园地区，但偶尔会和陈老的家属保持微信联系。得知老人日渐衰弱，在家中摔倒了几次，卧床不起。2022年9月17日收到家属微信，得知陈老已于当天去世。虽然是意料之中，但仍然心生惆怅，听闻陈老现在居住的房子产权变更依然无望，陈老的家属只能继续为之奔波。中国的老一辈知识分子最是老实听话，勤勤恳恳工作，清清白白做人，不争不抢，两袖清风。

而今我还在从事养老工作，工作更加繁忙，但有时常常想起，想起我曾经的同事，想起黄瓜园和百万庄那片红色小楼里的老人。一场疫情摧残过后，你们可还安好？风雨过后的小红楼里，今春的阳光是否还能透过窗棂，温暖那些曾为首都建设奉献过热血和青春，而今却似乎被人淡忘的身影。

快乐人生
刘书和

从山西壶关寨上村到北京定福庄

我的家乡壶关县寨上村，在太行山西侧，上党盆地的东沿，有山有水，属于半山区。出产有玉米、谷子、小麦和一些小杂粮。

村子的南面有一条河，叫陶清河，往西十公里并入漳河，进入漳泽水库，然后东出太行山经河北平原汇入海河，经天津最后流入渤海湾。

村子的北面大路，往西约二十公里经壶关县城直通长治城区，往东约一百公里经太行山大峡谷可直达河南安阳市。

1965年8月初的一天，我和另外两个小伙伴正在村北路边的田地里捡谷草，忽然听到大路上有人喊："书和，书和，快出来，有人找你。"我出去一看，是我初中同班同学的家长，他兴奋地对我笑了笑，并伸手交给我一个厚厚的大信封，我打开一看，原来信封里装着"北京水力发电学校新生录取通知书",我高兴得跳了起来,飞也似的拿着通知书跑回了家。爸爸看到我的样子问了缘由,脸上顿时情不自禁地露出了笑容并连声说道:"我孩子出息了,我孩子出息了!"妈妈听说我要到北京去上学,开始愣怔了一下,接着双眼充满了泪水,并情不自禁地哽咽起来,还一个劲儿地低声喃喃着:"不行,不行,孩子这么小,哪能去那么远的地方,不行,不行……"

走进大门就是水电人
丰富多彩的水电校园生活

我们晋东南地区共有二十五名新生于当年8月26日在地区行署宾馆报到,当时到晋东南地区招生的是学校政治学科李广文先生。李先生领着我们到晋东南地区和平医院检查身体,结果有一名新生因肺部有疾未被录取。

次日早7时许,我们这二十四名新生在李广文先生的带领下登上了赴京的火车。对于我们这些学生来说,都是第一次坐火车,那个高兴劲儿啊,真的是无法用言语表达。下午3点多钟我们在新乡转了一次车,29日上午9时列车开进了金碧辉煌的北京站。10点半,我们坐着北京水力发电学校的解放牌卡车在学长们欢迎的锣鼓声中开进了大门。

校园内整齐的水泥马路,五彩缤纷的花坛,漂亮的教学楼、办公楼、宿舍楼等纷纷呈现在我们面前,我们那个兴奋、激动、快活劲儿就别提了。当时在第一宿舍楼的大门前贴着一张学生分配名单，我被分到了物资102班，宿舍在第一宿舍楼，一舍住八人，四张上下床，一个物品柜，一张三斗桌，一把木头椅，每人还配了一个马扎。四年多丰富多彩的大学生活就这样开始了。

定福庄属北京市朝阳区，在京通公路中间，往西十公里是朝阳门，往东十公里就到了通州。主校区南边是一片家属区和实习工厂的木工间，北边有一个大操场，里面有足球场、篮球场、游泳池，这个大操场的西边是北京化纤工学院。主校区的东侧是煤炭工业部干部管理学校（煤干校）。煤干校南边隔着一条十米宽的小马路是北京广播学院，再往东是北京第二外国语学院。

当时学校的老师告诉我们，北京水力发电学校是1953年自安徽淮北迁来的，这个校区和整个建筑都是苏联帮助设计的，整套教学模式和管理方式也是照搬苏联的。学校隶属水利电力部教育司，担负着为国家培养中等专业水电技术人员的任务。校党委书记兼校长韩冲是来自东北局的十三级干部，负责教学的副校长王光钊是留美回国的水电部高级工程师，行政副校长姚金禄是原我党在山西牺盟会的干部。

9月1日，全体师生在庄严漂亮的餐厅大礼堂举行了隆重的开学典礼。又经过了一周的专业教育，然后就进入了紧张有序的教学之中。

很快国庆十六周年庆典又临近了，学校除了正常的教学任务又增加了丰富多彩的国庆准备活动。每天下午4点半下课后，全校师生在操场上按要求排练着相应的集体舞，气氛很有感染力。国庆当天，我们被安排在西长安街上当游行标兵。整个国庆游行我们看得清清楚楚，特别是那雄伟壮观的首都民兵师，昂首挺胸，精神抖擞，口号震天，让我的爱国情怀油然而生，当时的场景我至今难以忘怀。晚上在天安门广场又参加了国庆联欢晚会，跳集体舞，心里头第一次感觉到我是世界上最最幸福的人。

1969年，六九届大中专毕业生在年底进行分配。当时我们的心情既高兴又复杂，我们既向往轰轰烈烈的国家经济建设的第一线，但是对于北京，对于难以忘怀的校园，更是依依不舍，难舍难离。

火红的年代，流金的岁月
奋战在白龙江碧口水电站工地

1969年12月26日，我离开了培养我四年半的北京水力发电学校，在老家过了个年，正月初五启程前往水电部第五工程局报到。到了碧口那天，我记得是1970年2月12日。

碧口水电站，地处甘肃省南部文县碧口镇，为甘川交界，这里气候温和，终年无雪，素有"甘肃小江南"之称。这里还是甘川两省的交通要道，两省贸易的重要集散地。所以这里商家云集，人影各异。碧口地方不大，也算繁华，久有"甘南小上海"的美誉。在这里穿西装蹬皮鞋戴礼帽的有之，身穿布衫大褂、头裹各色长布、脚踏各式草鞋的也有之。

我们刚来到这里，工地上有的施工项目正在进行，而有的项目则正在准备尚未开工。我所在的二中队大部分职工还在整理场地、盖房子、安装搅浆棚的设备，白天干活晚上学习，进行"天天读"，学习毛主席的无产阶级革命理论，从思想上行动上虚心接受工人阶级的再教育。很快我们上岗了，在搅浆棚搅拌泥浆。白天上班时班长领队，排队前往，下班后也是队列整齐有序而归，还真有点部队味儿。泥浆是做防渗墙必不可少的辅助物，承担着悬浮沉渣、护壁固壁的重任，这东西看似简单，而对它的质量要求却非常高，制作材料是水、黏土和碱面，经过配比、充分搅拌后必须保证其黏度。我们的主要任务是按配方加料，开机搅拌，放浆，检修设备等，工序不算太复杂但责任心要非常高。搅浆棚的工作是连续的，一天二十四小时不能停顿，工人需要三班倒。

从1971年开始，我们离开搅浆棚，又参加了防渗墙生产，即上机操作乌卡斯冲击钻机。后来我们又参加了导流洞灌浆、发电引水洞灌浆、左右坝肩的帷幕灌浆和固结灌浆，总而言之，三百六十行，行行有学问。

1975年底，碧口水电站建成发电了，三台机组单机十万千瓦每小时,装机容量共三十万千瓦每小时,但一些工程的后续工作仍在进行中。

1976年6月,我们五大队(基础队)接水电部通知要转战江西柘林水库工地,开始一项新工程项目的基础处理。全队职工大部分都转移到了柘林水库工地。这时劳资科通知我,晋东南地区的商调函来了,让我回碧口办理工作调动手续。这时候我心中五味杂陈,既怀念自己的家乡,又舍不得这里的山和水,舍不得相处了十几年的老同学、老同事,但最后还是选择回到家乡,与家人团聚。

顺应形势,走改革开放之路

我回到家乡后被安排在与妻子同一个工作单位——晋东南地区林化厂。晋东南地区林化厂是原晋东南地区直属的国营企业,产品以人造板和电器闸刀开关为主,20世纪70年代后以制作钢木家具为主,有电镀、烤漆、喷塑等系列,规格有几十种并且电镀产品有十之七八是销往国外,产品声誉很好。

从20世纪80年代后期开始,企业改革逐步走向深入,企业由计划经济逐渐变为自由竞争多元发展,由统一管理变为分级承包,后来又变为全员抵押承包,方式自由了,但是企业却愈来愈不景气。到1995年,企业因资不抵债原材料断供,生产车间就干脆放了长假,科室管理人员集体到社会上找些零杂活干。

企业如此现状，自己怎么办？这时我突然想起自己不是学水电的吗，找水电啊！于是我联系到了当时水电基础工程局总工兼三峡工地项目部，项目部又把我推荐到小浪底工程建设管理局。管理局的一标副代表沈安正也是我在北京水力发电学校时的同班同学。根据当时的工作需要，就把我安排在基础局的上包单位——法基仕纪联营公司办公室值班了。

我在这个岗位上刚干了两个月，法基公司的项目经理发现我是北京水力发电学校毕业的，就主动找我说如果愿意的话可以和法基公司签订合同，直接聘用为法基公司雇员。就这样我进了法基公司，成了一名公司现场值班工程师。我当时就意识到这是一份特殊的工作，我受雇的是法基公司，工作对象是基础局，工作内容是大坝及左右岸固结灌浆和帷幕灌浆，工程的业主代表和监理公司管理部门是小浪底工程建设管理局。我的工作内容就是严格按照相关技术指导书要求严防各种作弊，确保施工质量。每个孔的孔位、深度、孔斜要严格掌握。下钻、起钻、量钻杆，包括灌浆管要非常认真地审查。比如钻检查孔，要求岩芯管要用双管，现场值班人员要看着下钻，也要看着起钻，确保无误。每班下班前要审查各机组班报，从密密麻麻的数字中看有无违规，若有违规要提出处理意见，经监理工程师签字后执行。总而言之，做一个现场值班人员非常不易，必须处理好各种问题，既要为自己负责，更要为国家负责。我在小浪底先后干了近五年，确实学了不少知识。在法基公司所有的国内雇员中我是公司分量最重的一个，基本上没有发生过重大责任事故。我的整个人生经历中，在小浪底这五年也算是浓墨重彩的一笔，能为小浪底工程尽一份力，我感到很自豪。

2001年，我在小浪底的工作结束了，回到了家乡。这时候晋东南地区林化厂已经正式宣告破产。2003年，根据国家有关破产企业的规定，我提前办理了退休手续。2004年初，一个偶然的机会我又进了一家专门生产煤矿用皮带机的民营煤机公司，在工艺科从事工艺编写，这一干就是十一个年头，这十一年又是我人生中较重要的一段时光。这份工作让我的退休生活很充实、很丰富。

人生能有几回搏？我不是成功者，但也算是个奋斗者吧。2014年10月底，受煤炭行业大气候影响，煤机行业也走入了低谷，任务减少，效益速降，作为一个民营企业，自我缩身成为必然趋势，这时候我便主动提出了辞职，回家过起了真正退休的休闲日子。

笑对生活，感谢生活，让快乐陪伴生活

月有阴晴圆缺，人有悲欢离合，人的一生不可能一帆风顺，逆境、顺境、升迁、降职都是一朵浪花、一节插

曲、一段里程，我们都应平心面对，不能苛求。我们这一代，少儿时代，国家贫穷，生活艰辛；青年时代，先是"文化大革命"，后来是比较艰苦的水电等基础建设时期；进入中年又赶上了企业改革，不得不下岗或下海。现在国家富裕了，强盛了，子女也都自立了，我们却也老了。

人老了，但我们的心不能老，2019年10月，我们北京水力发电学校102班的同学们又回到了北京朝阳区定福庄，在原校旧址相聚了。同学们不少是五十年未见了，这次见面，见到同学们个个虽底色未变，但光彩却大不一样了，都有了岁月峥嵘、饱经沧桑的痕迹。同学相聚，激情少了，但感情依然深厚。尽管如此，但多数同学表示：七十岁仍是人生新的起点，好景、好路还都在后边呢。我们要调整好自己的心态，整理好自己的情绪，塑造好自己的形象，以快乐的心情面对余下人生。笑对生活，感谢生活，让快乐陪伴生活。

老旧小区改造漫谈
曲 光

如果说家庭是社会的"细胞",那社区就是社会的"细胞群"。

毕业之后的十二年,我一直从事房地产开发工作,在职场上经历过一些风浪,也在成长中收获了经验。直到2020年,经历了疫情和市场的洗礼,总感到有一种未知使命在召唤,于是我考虑重新寻找一个方向。在11月左右,我觉得有一件非常有意义的事情值得去做,那就是"老旧小区改造"。经过一段时间的考察,我决定加入一家非常有活力的公司——愿景。

怎么去判断一个社区已经"老旧"了呢?似乎并没有一个学术上的定义,自感应该从三个维度去判断:一、社区物理条件"老旧",比如房屋主体危险,屋面、窗户漏水,楼本体无保温或者保温效果未达标,社区环境脏乱、拥堵,无电车棚、无垃圾分类站,等等;二、社区服务已经"老旧",比如社区内或社区周边无居民需求的便利店、理发店、超市、菜站,无老年人需要的养老驿站、社区食堂、医护康养服务、送菜上门服务、家政维修服务，社区服务无法解决小学生放学后到家长下班前的接送、吃饭、写作业等问题；三、社区活力已经"老旧"，比如社区邻里情谊无法像以前那样深厚，不能经常唠唠家常、互帮互助。

  北京最早一批成规模的社区建成于1980年左右，距今已经过去了四十多年。由于历史原因，老旧小区存在硬件条件落后、居民矛盾突出、服务配套不完善等诸多问题，老旧小区成了民生洼地。老旧小区改造、老旧小区物业服务方面由政府或产权单位兜底的形式已经举步维艰。受三年疫情及社会经济低位运行状态影响，政府财政支出面临极大挑战。况且，老旧小区的问题是多年城市发展积累所致，居民诉求多、意见难以统一，导致老旧小区改造工作开展过程中面临巨大阻力。社区就像人体一样，四十多年的老旧小区就像一个四十多岁的说老不老、说年轻也不再年轻的中年人，时常面临着脱发、肥胖、"三高"、焦虑、暴躁等问题。就说"脱发"吧，看看我们斑秃的草地和墙脚及与社区同龄而近于枯死的泡桐树，就知道是什么感觉了。

  凡事都有解决之道，老旧小区改造工作不像是一门"生意"，本质上更像是所有利益相关的各方共同参与的"项目"。在这个过程中，对实施方的核心能力要求出现跨越式的提升，单纯的商业模式创新、服务水平提高已不能满足社会发展的需要。能够以"社区服务思维"为基础做好该项工作的企业的核心能力应由"盈利"能力转变为"社区全面动员"能力,实施方应能做到三项服务,即"服务政策、服务属地、服务居民",而不是简单地为客户提供服务。把具备以上能力的企业作为政府与居民的沟通桥梁、服务纽带,能够有效地减轻政府负担、消化居民矛盾、保证改造成果、实现长效机制。居民作为老旧小区改造的最终受益者,要做到全面参与、付费享有,通过政策引导及大力宣传,逐步改变居民的"政府出钱兜底"思维和"拆迁思维"。街道和社区帮助实施主体与居民搭建沟通平台,引导居民充分表达意见并达成一致,改造过程中与居民保持紧密沟通,及时了解并解决居民诉求,才能真正做好该项工作。

老旧小区的房屋属性比较复杂,简单来讲,就是在商品房制度实施之前,房子都是职工公房,居民享有的是"延续优先付费使用权"。房改政策落实后,居民付费购买,公房即成为"房改房",再次上市交易后变为"商品房"。与新建商品房小区最大的不同是权属转移多了一个"房改"的过程,这样的情况并不是简单的"房屋属性"不同,而是获取房屋居住权的途径不同,割裂了人群属性,人群属性不同导致了群体认知偏差。解决群体认知偏差的办法首先是"谈",打破"想不通、听不懂、说不明白"的困境,把问题摆到台面上来讲;其次是"调",

把突出的矛盾进行糅合、促进让步，最终达成一致；最后是"定"，讲不通道理、聊不通人情的事情就交给规则来办，大家投票，少数服从多数。民意民智汇集是改造过程中个性需求到共性需求转化的必要前提，在此过程中，通过楼宇宅间方案宣讲，近距离地让居民了解和熟悉改造方案内容；通过改造异议议事协商，及时回应居民关于方案改造的疑惑和顾虑；通过活力营造活动，加强改造方与居民之间的关系。

多元化地搭建居民参与改造平台，动员居民表达改造意见和建议，引导多方达成共识，减少改造过程中的阻力，提升居民参与改造和小区建设的积极性和归属感，助推改造顺利实施。居民诉求反馈主要集中在方案宣传与实际落地误差、施工过程引发的现场纠纷、后知后觉的改造诉求等方面。通常的居民诉求反馈渠道有微信群表达、向社区反映、向改造方反映、拨打市民投诉热线等，诉求的类型分为个性诉求和群体诉求。在此阶段，如何合理准确地"接诉即办"和先知先觉地"未诉先办"成为居民满意度提升的关键所在。依托线上沟通、现场解释、专人回复的方法，坚持"事事有回应，件件有着落"的回复原则，提升改造的满意度。

闲话北京的住宅小区
左　白　徐定茂

一

从目前挖掘出的遗址看，夏商时期的城市里甭说是建有住宅小区了，甚至连城墙都没有。居民住所及一些手工作坊均比较分散，城市的整体布局也没有什么规律。

到了春秋战国时期，由于诸侯各自称霸，也就建起了自己的都城。赵晔在《吴越春秋》中说，"筑城以卫君，造郭以守民，此城郭之始也"。此时将居民由分散而集中到城郭内，即可御敌。

杜甫在《越王楼歌》中提到，"孤城西北起高楼，碧瓦朱甍照城郭"。郭内的居民是以"里"为基本居住单位的，见《毛传》"里，居也"。里的周围建有围墙，并设有官吏加以管理。诗经《郑风·将仲子》中说，"将仲子兮，无逾我里"，就是提醒一位排行老二的男子呀，不要翻越我家门户。

汉朝时的等级观念更加严重，此时原有的城郭之制已基本消失，城内建有宫殿、官府、园林以及贵族官吏们的住所等，而留给平民居住的"里"很小，大批平民百姓索性居住于城外。

汉时的长安城由于地势低洼、排水不畅，随着人口日益增多，垃圾和粪便污染严重，导致"水皆咸卤，不甚宜人"。于是在隋开皇初年，隋文帝杨坚决定放弃污水排放问题无法处理的旧长安城，安排迁都到地势较高的大兴，同时又将大兴更名为长安，见《隋书》"且汉营此城，将八百岁，水皆咸卤，不甚宜人。愿陛下协天人之心，为迁徙之计"。

隋建大兴，做了统一规划，把城区划分为若干个"坊"，各坊都有自己的坊门，"五更开坊门，黄昏闭门"，从而形成了自上而下的城市管理机构。

史载唐朝时的长安城，人口已近百万之众，分住在市区的坊内。坊呈长方形，四周筑有坊墙。用白居易在《登观音台望城》中的话讲，就是"百千家似围棋局，十二街如种菜畦"。

宋时由于人口的不断增长，逐渐取消了里坊制。宋朝比较注重市场，与唐朝以前的城市相比较，最大的特点就是取消了街道的里坊之隔。住户直接面向街巷，商店沿主要街道布置，使街与坊结合起来。这种布局形式街巷明确，易于辨认，居住安静，商业网点分布均匀。可以说，直至今天，我国一些城市仍保持这种布局。

孟元老在《东京梦华录》中描述了当时的场景，"举目则青楼画阁，绣户珠帘。雕车竞驻于天街，宝马争驰于御路，金翠耀目，罗绮飘香。新声巧笑于柳陌花衢，按管调弦于茶坊酒肆"。

二

古人类出现在北京房山周口店龙骨山一带时，至今已有七十多万年了，当时是住在山洞里，还没有建筑城池。直到武王伐纣，封黄帝的后裔居住在蓟城。后周召公姬奭的长子克封于燕，在房山的琉璃河地区建立了燕都。就这样多少年过去了，北京地区的城市建设几乎没有什么改观，直到金中都的建立。

2021年1月13日《北京晚报》载，"在位于丽泽北路的金中都城墙遗址工地现场，金中都外城墙护城河遗迹首次出现在人们面前……贞元元年（1153）海陵王完颜亮正式迁都燕京，并改称中都，自此北京开始成了国家都城。现残存的金中都城南垣西垣遗迹，是研究北京历史和城市变迁的重要实物。目前，金中都城墙遗址在地表尚存南城墙万泉寺、凤凰嘴和西城墙高楼村等三处"。报纸还说，"此处发现的护城河的宽度是66米，距离西城墙大约17米，南北向的西城墙长度大约有10米。记者在现场看到，西城墙护城河东西堤岸已经在两个点位确定，河底两壁画着地层分界线。地面上还残存一块城墙土堆,已经被保护起来……"

金中都的扩建其实完全是模仿北宋的开封,就连设计图纸也是照抄开封的。直到元大都的建立,改城市以太液池为中心,取代了原莲花池水系,通过高梁河及通惠河穿城而过。城内建筑也基本废除了坊墙,全部都是街道、胡同,还有两边的商铺、茶楼、酒肆以及住宅院落。北京的胡同起源于元,整个城市交通就是由街道与胡同连接的。沈榜在明万历年间编著的《宛署杂记》里讲,"胡同本元人语"。元《析津志辑佚·城池街市》中记述,当时"大街二十四步阔,小街十二步阔。三百八十四火巷,二十九衖通"。这里面"火巷"是为防止火灾蔓延而预留的小里弄,而"衖通"就是"胡同"早期的写法。马可·波罗在游记里的描述也是"配给全城居民建房的土地是四方形的,并且彼此整整齐齐地排列在一条直线上,每块地都有充足的地盘,来建造美观的住宅、院子和花园……"

明初时曾拆毁了元大都的宫殿建筑而将城市范围进行过调整,但整个北京城的基本格局并没有什么大的变化。

清朝基本上是延续了明朝时期的建筑,北京城区的总体布局没有改变。用《大清一统志》里的话说,就是"定都京师,宫邑维旧"。

元大都时期的合院住宅可以说是北京四合院的原型基

础。四合院是北京传统民居的一种，也是中国传统高档合院式建筑的一种体现。尤其是明、清时期的住房是有规制的，居住者的身份决定了房屋的等级。但到民国时期就没有这么多规矩了，同时随着清朝的衰落，四合院里人员的组成也开始变得复杂起来。一些失势的清朝贵族不得不卖掉一些房产以补生活之缺，这使得不少四合院里不再是单一家庭了，而是两家、三家甚至更多，独门独户的四合院也就逐步变成了大杂院。

三

北京开始出现住宅小区雏形是在20世纪50年代初。

当时在复兴门外还是一片农田或荒地的真武庙地区盖起了二十多栋三层尖顶联排式的灰砖小楼。这些小楼均为砖混结构，木制屋架，坡顶，外墙为水泥拉毛。同时沿复兴门外大街两侧还建起了百货商场以及副食商店。这就是北京最早一批住宅区，主建单位为铁道部。

铁道部建设住宅小区主要是参考了一个叫"邻里单位"的设计思想。提出"邻里单位"的是一位名叫克拉伦斯·佩里的美国人。克拉伦斯·佩里在1929年提出了一个名为"Neighbourhood Unit"的意见，就是城市居住区规划中的一种结构形式。其主要内容是要把居住区的舒适、卫生以及安全置于重要地位，在住宅建筑的设计上更多考虑的是房屋的朝向及楼间距问题。居住区里不仅有住房，还要有相应的公共设施，包括学校、零售商店以及娱乐设施等，并以此控制居住区里的人口及用地规模。

直到20世纪60年代初，复兴门外地区又建设了许多住宅楼，其中包括中央广播事业局、全国总工会等单位的宿舍楼，先后形成了真武庙、地藏庵、三里河住宅区等。由于产权单位不同，建设时间也不同，所以设计思路、建筑材料、施工单位也就不同。据不完全统计，复兴门外小区的住宅楼房类型有二十余种。

1955年前后，随着苏联专家工作组来到北京，在一些机关企业比较集中的地区，营建了大片的配套宿舍楼。例如垂杨柳地区，当年内燃机总厂、人民机器厂、造纸厂等就在垂杨柳。为了满足企业员工的生活需要，垂杨柳地区随即也建起了住宅区。

苏联专家执行的是一套大街坊的规划原则。大街坊与邻里单位十分相似，只不过是突出了"大"。在大街坊中可以包括多个居住小区，大街坊的周边则为城市交通道路。于是垂杨柳地区陆续建起了一批四五层砖混结构、方正楼体、斗篷式木质大屋顶的苏式住宅楼。垂杨柳东里还设计为庭院式的住宅组群，由此体现出环境的优美。

除此以外，时至20世纪60年代中，北京地区先后建成了酒仙桥、百万庄、和平里、八里庄等住宅区。其中龙潭小区还使用了当年比较先进的装配式大板拼装技术，提高了施工效率。这些楼群平均每户建筑面积为六十五平方米，公共服务设施有托幼、中小学、综合商店等。

20世纪70年代，由于提倡"先生产后生活"，住房建设的速度就远远跟不上城市人口增长的速度了。为了解决实际困难，采取了"见缝插针"的方法，利用城区内的一些边角空地，建起了外廊式设计，墙体采用立砖空心砌法或使用炉渣砌块，户内没有单独厨卫的三层砖混简易楼。房管部门资料显示，当时北京共建造了一百三十万平方米的简易楼。简易楼在设计上并没有考虑到防震甚至消防等问题，其使用寿命也仅为二十年。

四

采用统一规划、统一设计、统一建设、统一分配、统一管理的统建方式开发建设，是从前三门住宅区开始的。

1969年北京1号线地铁线路基本完工。由于采用了明挖回填的方法，完工后地上部分修成了宽阔的路面，而在地铁沿线的路旁往往还留有一片原施工作业的空地。同时，前三门地段的护城河加盖板改为暗沟，继而扩大了空地的范围。于是在1971年，北京市革命委员会向国务院提交了一份关于前三门的建筑规划，提出自地铁一期工程完成后，可于崇文门、前门、宣武门一线在原地铁施工作业区留下的宽阔空地上建筑住宅楼。

前三门住宅区于1976年5月开始动工，1978年12月底基本建成。在全长五公里的街道上共建了控制高度不超过四十五米的三十七栋板楼及塔楼，建筑面积共五十多万平方米。

随后北京市又征用了城市东部的劲松、团结湖以及西南部菜户营地区农田进行开发建设。其中劲松小区的设计大多为砖混多层建筑，只是面临交通主路的有一些框架结构或内大模外挂板的高层建筑。小区平均每户建筑面积为五十五平方米，户内房间有近五米的进深，根据不同户型，开间分别在三至四米之间。

"节约闹革命"是20世纪70年代工程建设的原则，因此当时在设计上尽量减少了电梯的配置。六层以下的多层建筑造价仅为九十五至一百元每平方米，不设电梯，而在高层的板楼采用了长廊的设计，目的就是减少电梯的安装。

五

然而随着时间的推移，陈旧的设计带来了今日的隐患。见2018年5月29日《北京晚报》，"垂杨柳北里23号楼是一座六十岁高龄的老楼，楼顶是苏联风格的'人'字形木质屋顶。事发当晚，木楼顶被引燃后，火势迅速蔓延。因过火情况严重，火场至今封闭，居民们无法回家居住"。

国务院于2020年发文《关于推进城镇老旧小区改造工作的指导意见》，提出对"建成年代较早、失养失修失管、市政配套设施不完善、社区服务设施不健全、居民改造意愿强烈的住宅小区"进行改造，重点是"改造2000年底前建成的老旧小区"。但从实际情况来看，个别小区在改造过程中过多注重形式，而不是真正方便居民生活。

2020年12月23日《北京晚报》载，海淀区永定路70号院给小区居民新换了一批晾衣杆，但"居民如果想要晾衣物，还要踩在高约20厘米、宽10多厘米的路缘石上"，而且"晾衣杆高约1.5米，横杆下的灌木丛却有1米多高"。同时"晾衣杆紧贴着灌木丛，灌木丛的叶子上满是尘土……"《北京晚报》评论："这么安装，能晾点啥？"

而2021年3月31日《北京晚报》提到的西红门兴海家园星苑小区，更是"一场关于到底是要绿地还是要车位的讨论，将社区居委会推上了风口浪尖"。据报道，"谈及争议的焦点，还有业主表示，除了要保卫绿地外，他们不赞成的另一个原因是认为改变绿化用地的程序不合规。如果真的有改造的需求，也应该在成立业委会后，通过召开全体业主大会进行表决，而不应突然贴个通知说改就改了"。

业主们的意见无疑是正确的。根据《民法典》第274条规定，"建筑区划内的道路，属于业主共有。建筑区划内的绿地,属于业主共有。建筑区划内的其他公共场所、公用设施和物业服务用房,属于业主共有"。

最后结果是"鉴于一些业主对改造有强烈的反响,社区已暂缓相关工作。下一步,社区将就小区停车难题如何破解等相关问题,进一步与居民展开充分细致的沟通"。

在楼间原有的几千平方米空地上,是保留绿地还是改建成停车场地,同时还有加装电梯问题。三项需求如何平衡正在考验着办事处、社区居委会工作人员的政策水平、办事能力与工程设计人员的专业知识、聪明智慧。

同西红门社区居委会一样,劲松街道的改造方案也是在众多居民的反对声中,重新进行了调整与完善。4月19日《北京晚报》的《我为群众办实事》栏目里的一篇报道中提到了劲松北社区计划移栽房前屋后的一百棵杨柳槐树(其中包括十一棵存在安全隐患的病死树)时遭到了三十多位居民反对,此时"改造陷于两难"。劲松街道工委负责人表示,小区改造是为居民造福,在实施过程中,就更要努力把实事办好。于是,"已经反复打磨的方案又拿出来重新修改"。最后则要"全面评估树木",同时"调整道路走向,尽量绕过原生树木",还要"改造中将加装电梯、增设停车位,因此仍无可避免要移栽一部分老树。这些点位附近将补植新的彩叶树"。而设计人员更是"拿着图纸带居民一同开展参与式、沉浸式设计,一次次踏勘现场",最终使得"改造后的绿地面积将增加二千二百平方米,绿地覆盖率提升百分之三十。如今,方案仍在进一步深化和完善,希望带给居民更多的舒适和便利"。

希望如此。

有关垃圾的处理问题
徐定茂

一

国人在几千年前就十分重视生态环境的保护问题。《逸周书·大聚解》"禹之禁，春三月，山林不登斧，以成草木之长；夏三月，川泽不入网罟，以成鱼鳖之长"，就是要求人们无论是砍伐树木还是捕鱼狩猎，都要有节制。而《论语·述而》中也提到，"子钓而不纲，弋不射宿"，意思是说孔子用鱼竿钓鱼而不用渔网捕鱼，用弋射的方式获取猎物，但是从来不射休息的鸟兽。

为了保护环境卫生，制止随意丢弃生活垃圾，早在殷商时期就制定了相关法律。《韩非子·内储说上》："一曰：殷之法，弃灰于公道者断其手。"灰，指生活垃圾。按"殷之法"规定，因为丢弃垃圾就要把手给剁了，连端木赐也觉得似乎有些过于严厉了。"子贡以为重，问之仲尼。仲尼曰：'知治之道也。夫弃灰于街必掩人，掩人，人必怒，怒则斗，斗必三族相残也，此残三族之道也，虽刑之可也。且夫重罚者，人之所恶也；而无弃灰，人之所易也。使人行之所易，而无离所恶，此治之道。'"因为随意丢弃垃圾会引起他人的不满，而不满就可能使人愤怒，愤怒后则要斗殴，"斗必三族相残也"。所以把生活垃圾随意抛撒"于公道者"虽是犯有小过错，但必须给予严厉的惩罚，这样就会"使人行之所易，而无离所恶，此治之道"。

《商君书·赏刑》中说，"禁奸止过，莫若重刑"。同样，商鞅在制定法律时也是偏于严苛。《汉书·五行志》："商君之法，弃灰于道者，黥。"《说文》"黥，墨刑在面也"，也就是在脸上刺字，还要涂以颜色。尽管在脸上刺字比剁手要轻一些，但也相当严厉了。西汉时的《盐铁论》中也有"弃灰于道者被刑"的内容。

唐朝的法律制度基本上是沿袭隋朝的，规定中对丢弃垃圾者的制裁比"黥"要宽松一些。目前保存最古老的刑事法典《唐律疏议》中记载，"其穿垣出秽污者，杖六十；出水者，勿论。主司不禁，与同罪"。按其规定，凡是往矮墙外丢弃垃圾的人会被处罚打上六十板子，而如果执法者没有及时制止且事后亦无追查的，也要加以处罚。但这里丢弃的垃圾不包括"水"，并没有明确"出"的水是清水还是污水。

明朝制定了《大明律》《大明令》等法律条文，基本上还是参照唐律而制定的，其中进一步减轻了对于乱扔垃圾的处罚力度，"其穿墙而出秽污之物于街巷者，笞四十"。

《大清律例》是中国封建社会最后一部法典，它是以明朝的《大明律》为蓝本加以修改的。清朝时期只是提到了对随意丢弃垃圾者应给予处罚，"如有穿墙出秽物于道旁及堆积作践者，立即惩治"，但表述得却十分模糊，没有具体处罚规定。

二

生活垃圾可以由个人来处理，但类似落叶、尘土这样的城市垃圾又将如何处理呢？于是在周朝的公务员编制里就设立了一个叫作"条狼氏"的工作岗位，近似于目前的环卫工+交通警，主要负责维护道路的清洁，同时还带有驱赶行人的职责。《周礼·秋官·条狼氏》，"掌执鞭以趋辟，王出入则八人夹道，公则六人，侯、伯则四人，男、子则二人"。就此顾炎武在《日知录·街道》里对其职责又做了具体说明："古之王者，于国中之道路则有条狼氏，涤除道上之狼扈，而使之洁清。"条，洗涤的意思。狼扈指散乱之物。

宋朝时也同样建立了一个负责管理城市卫生的机构"街道司"。《宋史·职官志五》，"街道司，掌辖治道路人兵，若车驾行幸，则前修治，有积水则疏导之"。

"街道司"为国家编制，计为五百人，由户部提供经费，月工资二千钱。人员从兵部调出，统一着青色衫装。主要职责包括修治街道、打扫卫生、交通管理以及市场管理等。在"街道司"的有效治理下，那时候城市居民每日产生的生活垃圾甚至包括粪便、尿液等，都有专人上门处理。为了防止由于车辆行驶而造成道路上尘土飞扬，特意安排人员沿街洒水。同时到了开春时分，府衙还要雇用专人来疏通城内的各条沟渠，清出的污泥也要及时运走。

北宋年间有一位名为孟元老的开封府仪曹在其《东京梦华录·公主出降》中讲，"公主出降，亦设仪仗、行幕、步障、水路。凡亲王公主出则有之，皆系街道司兵级数十人，各执扫具，镀金银水桶，前导洒之，名曰'水路'"。宋人周辉在《清波杂志·凉衫》中也提到，"旧见说汴都细车，前列数人持水罐子，旋洒路过车，以免埃蓬勃"。另宋人吴自牧的《梦粱录》，"人家甘泔浆，自有日掠者来讨去。杭城户口繁夥，街巷小民之家，多无坑厕，只用马桶，每日自有出粪人溅去"。《梦粱录》里还说，"遇新春，街道巷陌，官府差顾淘渠人沿门通渠；道路污泥，差顾船只搬载乡落空闲处"。

至元朝时期，同样保留了"街道司"的编制。元散曲家杜仁杰的《耍孩儿·喻情》套曲，"开花仙藏过瞒得你，街道司衙门得过谁"。

三

中国历史上也有一些朝代由于对生活垃圾处理不当给人们正常生活带来了较大的影响。比较典型的是隋朝时期，因为城市垃圾增多而发生污染的情况越发严重，最后不得不把旧城放弃，见《隋书》"且汉营此城，将八百岁，水皆咸卤，不甚宜人。愿陛下协天人之心，为迁徙之计"。

汉时的长安城由于地势低洼、排水不畅，同时人口日益增多，从而垃圾和粪便污染严重，导致"水皆咸卤，不甚宜人"。于是在隋开皇初年，杨坚便决定放弃污水排放问题难以处理的旧长安城，张罗着迁都到地势较高的大兴。

至明清时期的北京城，生活垃圾处理问题也是十分棘手。在明代沈德符编写的《万历野获编》里说，"雨后则中皆粪壤，泥溅腰腹，久晴则风起尘扬，颠面不识"。老舍先生在《正红旗下》里提到了晚清时期的环境状况是："在那文明大年月，北京的道路一致是沙灰三尺，恰似香炉。好嘛，打扮得漂漂亮亮的，而在香炉里走十里八里，到了亲友家已变成土鬼，岂不是大笑话么？"清朝时还有一本佚名的《燕京杂记》中讲，"人家扫除之物，悉倾于门外，灶烬炉灰，瓷碎瓦屑，堆积如山，街道高于屋者至有丈余，人们则循级而下，如落坑谷"。丢弃的垃圾"悉倾于门外"，日积月累以致最后竟"高于屋者至有丈余"，似乎过于夸张了，但街巷中被弃垃圾得不到清理，必然给居民生活带来不便。

四

临近解放时的北京城内由于无人管理，各家的垃圾只能"悉倾于门外"，的确是"堆积如山"了。丢弃的垃圾堵塞了街口、胡同，环境卫生状况极为恶劣。新中国成立后，在市政府的组织下发动人民群众开展爱国卫生运动。据统计，至1951年经两次全市的清洁大扫除，共清除六十多万吨城市垃圾。此后市区的生活垃圾日产日清，从1952年开始使用汽车在夜间直接运除。

市区内的生活垃圾则是由环卫工人每天推着手推车沿着胡同收集。时间通常是在傍晚时分，收垃圾的车辆进入胡同后，环卫工人先把垃圾车停放在胡同内一处相对宽敞的地方，然后不断地前后走动，同时摇着铃铛，用以通知各家各户来倒垃圾。

当时每家的垃圾都不多，主要是因为20世纪五六十年代的市场紧张、商品匮乏、食物短缺，一般是用破旧洗脸盆或胶合板钉的盒子来盛放垃圾。《北京副食品商业志》里讲，1961年北京市人均肉食消费量是八两半（全年），所以根本就没有肉、骨头等可以丢弃的。而在1960年时蔬菜被正式划为"国家二类商品",对城市居民实行凭票限量供应,每人每天供应鲜菜二两。这样一来,像土豆等也就连皮一起吃了,基本上也就剩不下什么"厨余垃圾"。

此外,自1954年北京市财经委、市计划局、市供销合作总社联合发布了《废品回收暂行规定》,规定中提出回收的品类包括废胶料、铅类、废石油、杂铜、废钢铁、废棉织品、废纸、废玻璃、废木料等,并指定市供销合作总社设置专门的废品回收机构。因此诸如折了把的铝壶、穿了底的铁锅以及破毛巾、牙膏皮、碎电线头、弯了的铁钉等都可以卖钱。所以真正被大家丢弃的垃圾也就只剩下每日扫出的尘土以及炉灰渣子一类的"其他垃圾"了。

五

随着生活水平的提高,各项消费增加了,各类生活垃圾也逐渐增多了。公开资料显示,近年来北京市平均每天产生近二万六千吨生活垃圾。如用二点五吨的卡车运输,所需卡车排成一列就能占满北京的三环路。

在生活垃圾处理问题上,1949年至今可以说共经历了五个历史阶段,第一个历史阶段是20世纪五六十年代,属于自然净化阶段。第二个历史阶段就是70年代了,这个时期人民的生活水平有了一个提高,随着经济的发展,垃圾成分更加复杂。生活中开始出现了塑料袋、塑料杯、塑料碗、塑料凉鞋，以及橡皮、密封条、防震垫等橡胶制品。由于这些不能被自然降解的东西出现在垃圾里，对其处理就开始进入了填埋阶段。后来北京市利用世界银行贷款在昌平区修建了阿克苏标准化填埋场，把污染控制在最小的范围内，垃圾处理进入了第三个历史阶段。为了防止垃圾渗沥液污染地下水，回填地的下部有不透水的岩石，同时另设了黏土、沥青等不透水层。例如阿克苏填埋场，地下共设有七层防渗层。

然而填埋也带来了新问题，那就是对土地资源的破坏。第四个历史阶段就是焚烧。焚烧场的占地仅仅是填埋场用地的十分之一，燃烧过程中还可以用于火力发电。同时燃烧场一旦废除，土地仍可以照常使用。不利的因素就是对排烟要求十分苛刻。在不允许污染土地的情况下也绝不能允许污染大气。

随着《国家固体废物污染环境防治法》《北京市生活垃圾管理条例》的颁布，目前进入了第五个阶段，目标是减量化、资源化、无害化。

生活垃圾分类和处理设施是城镇环境基础设施的重要组成部分。推动垃圾分类，积极开展分类投放、分类收集、分类运输和分类处理，健全收转运体系。

垃圾分类的好处是显而易见的。垃圾分类后，被送到工厂而不是填埋场，既省下了土地又避免了填埋或焚烧所产生的污染。进行垃圾分类收集可以减少垃圾处理量和处理设备的使用,降低了处理成本,减少了土地资源的消耗,是具有社会、经济、生态三方面效益的。

穿越古代的餐桌

王培璐

日前见到一份南宋时期的菜谱，是秦桧陪同宋高宗去张俊家食用的。在张府所奉宴席上的菜里，几乎所有的菜名都很难与现在的菜名对上号，如烧羊头双下、鲊糕鹌子、三脆羹、羊舌托胎羹……因此引发了笔者穿越两千多年去探访中国人餐桌的兴趣，看看古人都吃些什么美味。

先秦时期吃什么

商朝"酒池肉林"足可以说明吃法之单调，用盐腌渍烤熟了的肉块挂在木桩或者木架上……

春秋战国时期是以肉食为主，如猪牛羊、鸡鸭鹅、鱼类，那时蔬菜很少，也没有"煎、炒、烹、炸"这样的烹饪技术，厨师当时称"庖丁"，有把子力气就能干。做菜手段只是煮和烤。煮肉汤称为羹，煮骨汤称为汤。《齐民要术》里介绍了齐国"五味脯"的做法，先做汤后煮腊肉，"捶牛羊骨令碎，熟煮，取汁；掠去浮沫，停之使清……"。这个"掠去浮沫，停之使清"的过程明显是为了减少嘌呤，防止痛风。烧烤更是主要手段，当时称为"炙"。所以那时的厨师技术仅限于煮和烤。而那时的煮是不放什么作料的，因为现代烧烤所需辣椒与孜然还没传入中国，所以"炙"出来的鱼和肉也就索然无味了。

秦汉时期怎么吃

到了秦汉时期，烹饪技术有了很大提高。汉代桓宽所著的《盐铁论》这样形容百姓餐桌："今民间酒食，殽旅重叠，燔炙满案，臑鳖脍鲤，麑卵鹑鷃橙枸，鲐鳢醢醯，众物杂味。"也就是说民间待客，鱼肉重叠，烤肉满桌，甲鱼羹、鲤鱼片、鹿胎、鹌鹑，配以蘸料如橙丝、枸杞酱、鲐鱼酱、鲤鱼酱、肉酱、果醋与盐配制的酱，物丰味美。不仅如此，其制作也非常考究精细了。汉代枚乘所写的《七发》里面描述类似米饭烤牛排的吃法："犓牛之腴，菜以笋蒲，肥狗之和，冒以山肤。楚苗之食，安胡之□，抟之不解，一啜而散……"通俗点说是切好的小牛牛腩，盖上一层笋尖蒲叶，抹上一层肥狗肉羹，最上面撒上碎木耳，用楚苗山的粳米拌上菰米煮饭，做成饭团不散，但吃起来入口即化。但是这只限于煮、烤、焖三种手段，煎、炒、烹、炸尚未出现。那时人们对维生素的摄取主要是水果，而蔬菜很少，只有五种，葵、藿、薤、葱、韭。

葵就是苋菜，藿就是豆苗，薤是现在南方人常吃的藠头，又称荞头，葱是沙葱，韭就是我们现在吃的韭菜了。《诗经》里说的二十多种蔬菜，是把那些浮萍、水草、树叶也算作蔬菜了，野菜居多。

唐朝人吃啥

到了唐朝，上文所说的"牛排米饭套餐"可万万吃不得，要犯法的。唐朝法律规定不许吃牛肉。吃了怎么办？罚一年劳动改造。所以唐代餐桌上的肉食以羊肉为主，也有狗肉驴肉，鸡鸭鹅鱼，另外蔬菜的用量也大了，白菜（汉唐时期称为菘菜）、萝卜（汉唐时期称为莱菔）、黄瓜（汉朝称为胡瓜）、葵菜、芹菜、韭菜都很普及，菠菜也从尼泊尔传入中国了，那时的尼泊尔叫尼波罗国，故称"菠菜"。但是土豆、辣椒、西红柿、圆白菜还没传入我国。最经典的唐代菜谱叫"烧尾宴"，这时的烹饪技术已经有了油炸的手段，但是没有炒的手段，因为炒菜的铁锅到北宋时期才有的。而且唐朝菜谱上也有了一些现在我们常吃的菜了。

2017年，杭州天香楼饭店还原史料做了五十八道菜的"烧尾宴"。价格不菲，二十人围桌，人均消费两千元。

第一道菜叫"光明虾炙"，大约是开胃菜。应该与现在餐桌上的"糖醋明虾球"差不多吧。

遍地锦装鳖。甲鱼红烧后裹上羊网油大火蒸，羊油浸入食材后点上蛋黄丝，入高汤。

凤凰胎。唐朝人习惯将鱼白称为凤凰胎，其实就是雄鱼腹内的那点儿鱼白，但这一份要用三四十尾鱼的鱼白，所以价格不菲。

雪婴儿也是道有趣的菜，青蛙剥皮蘸豆粉炸熟，肥猪肉膘切成片过油铺于盘中，将炸熟的青蛙置于肥膘片上，蛙伸四肢呈人像，摆在白肉片上再入温油浸熟，看上去犹如雪地里的婴儿。

"烧尾宴"的菜谱源自唐朝景龙年间韦巨源官拜尚书左仆射而举办的家宴。五代时期陶穀所写的《清异录》中记载了这五十八道名菜，如通花软牛肠、白龙曜、羊皮花丝、仙人脔、小天酥、过门香等。当然这是达官贵人们的餐桌，普通人请客吃饭一般只有一壶酒、一两个菜，与我们现在餐桌上几荤几素相比要简单多了。孟浩然《过故人庄》说的"故人具鸡黍，邀我至田家"，杜甫的"夜雨剪春韭，新炊间黄粱"，"盘飧市远无兼味，樽酒家贫只旧醅"。农村简单些可以理解，但是城里普通人高规格请客也是"无兼味"，只是菜品精致。比如《卢氏杂说》里介绍"浑羊殁忽"的做法，选子鹅剖膛洗净放入调料肉馅及稻米等缝好后将其塞进羔羊肚子里烤熟，装大盘上桌，取腹内的子鹅来吃，而包裹子鹅的这只羊仅仅是配料而已，估计最后是赏给下人了。

宋朝人的口福

我们再往后推到宋朝,那可是国民幸福指数最高的一个朝代。且不论其菜品与现代中餐的切合度,仅炊具和就餐方式就有了明显的大改变。第一个改变是,随着冶炼技术的发展,炒菜铁锅代替了砂锅和铜釜,成为主要炊具。加之对植物油的广泛接纳,煎、炒、烹、炸的烹饪技术全面推广,餐桌上的菜品与现代无异,只是名称看上去古老一些。第二个改变就是平民百姓从一日两餐改为一日三餐了。第三个改变是进食姿态,唐和唐以前是跪食,餐桌只有一尺高,相当于过去农村的炕桌,吃饭人或跪或盘腿而坐。到了晚唐及五代时期餐桌升到六十厘米高,讲究人家可以坐在"月牙凳"或者"马扎"上进餐,这在敦煌壁画上和南唐顾闳中的画作《韩熙载夜宴图》里可以看到。

《韩熙载夜宴图》(局部)

顾闳中的画作中，五代时期餐桌已经升高了，人们相当于坐在沙发上对着茶几吃饭。比汉唐时期跪着吃要舒服多了。而到了宋代，人们的食姿改为"垂足而坐"，而餐桌上升到七十五至八十厘米高度，和现代无异，这可以在《清明上河图》中一览无余。

宋朝最具代表的菜谱应该是南宋时期林洪所著《山家清供》一书，其中介绍了一百零二道餐食。里面绝大多数是素菜，而大文豪苏东坡可是位肉食爱好者。朱弁的《曲洧旧闻》里披露苏轼推崇的四道菜是烂蒸同州羊羔、襄邑抹猪（又称滚肉）、蒸子鹅、斫松江鲙。

这四道菜如果端出来您一定认识，"烂蒸同州羊羔"就是现在的"清蒸羊肉"，"滚肉"就是"红烧肉"或称"东坡肉"，"蒸子鹅"名称未变。"斫松江鲙"，"斫"就是刀切，其实就是鲈鱼的生鱼片。

北宋时期汴梁都城人口百万，商贾云集，酒肆林立。街上的饭店是按照南食店、北食店来区分的。《东京梦华录》记载：汴梁城内大饭庄七十二家，最大的饭庄是樊楼，还有杨楼、八仙楼等都是接待近千人规模的超级饭店。小饭店不计其数，当时称"脚店"，有名气的北食店如"李四家""石逢巴子""段家熬物"，南食店如"寺桥金家""九曲子周家"等。这只是北宋的汴梁，南渡之后临安城的繁华更有过之了，连皇上都因为"暖风熏得游人醉，直把杭州作汴州"了。

无论是南宋时期，还是元、明、清诸代，餐桌饮食手段及烹饪技术都是北宋时期奠定的基础，怎么发扬光大也离不开煎、炒、烹、炸、炝、涮、烤、炖这番厨艺手段。北宋之后产生的佳肴都没有改变这个基础，比如木须肉、鱼香肉丝、麻婆豆腐、响油鳝糊、宫保鸡丁等。明清之后出现的家常菜品包括近现代川、鲁、粤等各大菜系都是在北宋的厨艺条件和基础上产生的。

即便我们今天在家点个"外卖"，其实也是源于宋朝的汴京城。《宋史》记载汴京城里的食店的外卖业务："逐时施行索唤""就门供卖"，外卖小哥或是肩挑食盒担或是直接端着碗跑路。这在《清明上河图》里可以看到。

宋王朝将华夏餐饮文化推向高潮之后再没有人能将餐桌上的文化做出颠覆性的改变及发展。尤金·N.安德森在《中国食物》一书中说："中国伟大烹饪产于宋朝，宋朝不愧是美食天堂。"

《清明上河图》局部

欲而不贪

陆 宁

《论语·尧曰》："君子惠而不费，劳而不怨，欲而不贪，泰而不骄，威而不猛。"孔子对"欲而不贪"的解释为："欲仁而得仁，又焉贪？"也就是政者自己如果追求仁德便会得到仁德，又有什么可贪的呢？

欲望，人皆有之，关键是要做到"欲而不贪"。

《庄子·徐无鬼》："钱财不积，则贪者忧。"没有什么人和钱有"仇"。少儿时便常听人讲："有什么别有病，没什么别没钱。"到了20世纪80年代末，又见电视剧中"钱不是万能的，没钱是万万不能的"。

《论语·里仁》："富与贵，是人之所欲也，不以其道得之，不处也。"也就是说，"君子爱财，取之有道"。

明人李汰到福建省主持考试，有考生趁夜晚送黄金以通关节，同时说"暮夜无人知"。李汰断然拒绝并当场吟诗一首："义利源头识颇真，黄金难换腐儒贫。莫言暮夜无知者，怕塞乾坤有鬼神。"

李汰拒贿，恐有"义利源头识颇真"的因素。不知此考生真实水平如何，收受而又无法录取，即便是"暮夜无知者"，却也是无法交代的。

然而历史上以代其谋取官职从中获取私利者大有人在。《清朝野史大观·清人逸事·明珠》："盖明珠之为人也，性狡猾，貌慈善。见人辄用甘语柔颜以钩探其衷曲，当时为所笼络者不鲜。……其纳贿之铁证，凡督抚等官出缺，必托人辗转贩卖，满其欲壑而后止。故督抚等官愈剥削，而小民愈困苦矣。"

纳兰明珠，满洲正黄旗人，武英殿大学士，后即因朋党的罪名被罢黜职。明珠卖官鬻爵就是靠四处拉拢，适时建立关系网络，并以此为基础，待"凡督抚等官出缺"时便"托人辗转"，以"满其欲壑而后止"。

和珅的"侵占"则更直接一些。《清朝野史大观·清人逸事·和珅之贪黩》讲："宫中某处陈设有碧玉盘，径尺许，高宗所钟爱者。一日为七阿哥所碎。其弟成亲王曰：盍谋诸和珅，必有以策之。于是同诣珅述其事。珅故作难色曰：此物岂人间所有，吾其奈之何。七阿哥益惧，失声哭。成邸知珅意所在，因招至僻处与耳语良久，珅乃许之。谓七阿哥曰：姑归而谋之，成否未可必，明日当于某处相见也。及期往，珅已先在。出一盘相示，色泽尚在所碎者上，而径乃至尺五寸许。成邸兄弟感谢，珅不置。乃知四方进物，上者先入珅第，次者始入宫也。"

因为"四方进物，上者先入珅第，次者始入宫也"，所以和珅的私家藏品显然超出了皇家。《清朝野史大观·清朝史料·和珅案》："嘉庆四年,大学士公和珅经御史广兴、直隶胡季堂疏发其罪,恩赐自裁。将大罪二十传示中外。其词曰:……大罪十四:所藏珍珠手串二百余串,较宫中多至数倍,并有大珠较御用冠顶尤大。大罪十五:真宝石顶非所应戴,乃藏数十余颗,并有整块大宝石为御府所无者,不计其数……"

和珅的"侵占"是公开的,所以成亲王永瑆知其"必有以策之"才会建议七阿哥去求和珅。不料和珅不买账,表示"吾其奈之何"。最后还是成亲王亲自出马,"招至僻处与耳语良久,珅乃许之"。

成亲王与和珅"耳语良久",其内容就不得知了。估计永瑆也是恩威并施,软磨硬泡,才使得"珅乃许之"。和珅自得乾隆的宠爱,虽曾遭刘墉、王杰等多次弹劾,但因乾隆的袒护,均能化险为夷。直至乾隆驾崩五日后,嘉庆帝即下旨将和珅革职下狱。

由于皇帝的庇护,对和珅的查处变得很难。更有甚者,居然还有连皇帝也无法追查的案例。《清稗类钞·廉俭类》:"常熟翁叔平相国柄政时,借某国款,有司以回扣进。翁怒,却之,翌晨奏闻。德宗大怒,命密查分此回扣诸人之姓名。越日,翁入直,上曰:'昨日之事不必究矣。'言讫长叹。盖孝钦后于此亦有所受也。"原来某国的贿赂当"以回扣进"时,"孝钦后于此亦有所受也"。

收受回扣的人名单中有孝钦显皇后,也就是慈禧太后,光绪帝又怎么能查处呢。皇帝也只能告诉翁同龢"昨日之事不必究矣",而后"言讫长叹"罢了。

慈禧的贪腐无疑为大清覆灭增添了砝码,而和珅似乎从来就没有考虑过一旦乾隆故去他又会得到什么下场。和珅入狱后曾诗曰:"夜色明如许,嗟余困不伸。百年原是梦,廿载枉劳神。"至此和珅终于明白,他二十年苦心孤诣地搜刮财富,如今"百年原是梦",终为"枉劳神"矣。后悔也晚了。

北京被拆掉的宣武门城门洞顶上就曾刻有"后悔迟"三个大字。宣武门外菜市口就是过去处决犯人的地方,"后悔迟"无疑是为了警示众人。

俗话:良田万顷,日食三餐;广厦千间,夜眠六尺。贪者自贪,廉者自廉,关键在于人。《列女传·母仪·齐田稷母》:"田稷子相齐,受下吏之货金百镒,以遗其母。母曰:'子为相三年矣,禄未尝多若此也,岂修士大夫之费哉!安所得此?'对曰:'诚受之于下。'其母曰:'吾闻士修身洁行,不为苟得。竭情尽实,不行诈伪。非义之事,不计于心。非理之利,不入于家。'"

田稷子为齐国相国,"受下吏之货金百镒"而交与母亲收藏。其母认为与其正常收入不符,"禄未尝多若此也,安所得此"?田稷子只好承认实为"诚受之于下"后,母即告诫"士修身洁行,不为苟得……"

后来,"田稷子惭而出,反其金,自归罪于宣王,请就诛焉。宣王闻之,大赏其母之义,遂舍稷子之罪,复其相位,而以公金赐母"。

贤母深明大义,持理规劝田稷子,使得田稷子有自首行为并主动退赔。故齐宣王不仅"复其相位",还"以公金赐母"。

同样是为贤母,还见于南朝《世说新语》里《陶母责子》一文:陶渊明曾祖陶侃"少时作鱼梁吏。尝以坩鲊饷母。母封鲊付使,反书责侃曰:'汝为吏,以官物见饷,非唯不益,乃增吾忧也。'"陶侃分管渔业时,把一陶罐腌鱼送回家孝敬母亲。陶母却把罐封上后原物返还,同时写信数落了他一番。正是由于陶母对年轻人的严格要求,陶侃亦终成国家栋梁。

侵占、挪用一罐腌鱼,时至今日也够不上立案条件。此处是以小见大,公私分明,告诫大家要养成廉洁奉公的习惯。

还有更为廉者,见宋《竹坡诗话》,"有一人尝为博守者,不得其名,其人极廉介。……中有家问,即令灭官烛,取私烛阅书,阅毕,命秉官烛如初"。

读家里的来信时不用官家的烛火,换上自己买的蜡烛,待看完信后再点回官烛。见此略感"事儿妈"。处理公务时可以不把私人信件掺杂进来,亦可把家信留到第二天白天再去处理。命令下人换蜡烛一说,似乎是在作秀。

何为廉士？赵岐注："穷不苟求者。"涉及前文讲到的"暮夜无人知"的故事还有东汉时某夜有人给杨震送来十斤黄金，送者言："暮夜无人知。"杨震答："天知，神知，我知，子知，何谓无知？"

在"暮夜无人知"的条件下拒贿则不同于当众命下人换蜡烛，着实不是作秀了。十斤黄金，按现在金价估算也有百万人民币。但从表面上看"天知，神知，我知，子知"的说法也有点玄玄乎乎，不是那么实在。而后细想，不然，里面有陈毅元帅诗"手莫伸，伸手必被捉，万目睽睽难逃脱"的含义。

二十多年前笔者曾主持集团公司的监察处、审计部工作，时有一案：事出举报件，反映某工程项目存在虚报土石方款支出问题。随即组织信访初核，查访资金流向，无所获。正待结案归档，忽发现某年传票中缺少一张银行的对账单。立差员工索取，见有一笔莫名其妙的巨款划拨……

作案者为该工程项目公司的财务科科长某甲。此人将数百万元从原银行划拨到另一银行分理处，存入定期。两年后拨了回来，而将十多万元的息差侵占了。

由丰台检察院提起公诉，某甲因此服刑十年。事后看，此人做得几乎天衣无缝了。款从一个银行拨到另一个银行，如同换了一个兜，金额没有发生变化，所以账目上没有体现。某甲身为主管科长，依权不动用此款，但由此而产生的定期储蓄利息差额便被其贪占了。

现在谈到此案,似乎存在一定的偶然性。身为财务主管,操纵银行之间的划款恐也是"暮夜无人知"了。如果没有关于工程方面子虚乌有的举报,公司监察、审计人员也就不会去翻工程旧账本,也就不会发现传票里少的对账单……然而,"一切皆有命,半点不由人"。这大概就是"怕塞乾坤有鬼神"吧。

人可以爱财,但不能无厌,恐怕没有人愿意走到"人为财死"的份上。《礼记·礼运》"饮食男女,人之大欲存焉",每个人都是有欲望的。只是老子曰,"祸莫大于不知足,咎莫大于欲得。故知足之足,常足矣"。

津

串门京津冀

庄王府
柳琴（启琴）

当我第一眼看到这把佩刀时，就感觉它对于我来说一定会有某种特殊的意义。

20世纪60年代末初冬的一天，我瞒着父母迁走了户口，就要奔赴延安安塞县插队落户去了。从学校里领取了火车票回到家中，一推门，方见母亲正从箱子里往外倒腾衣物，为我准备行装，而随手撂在床头的，是一把佩刀。

佩刀的刀鞘是木制的，外有一层鲨鱼皮。鞘口、护环以及鞘头均为包铜镏金。护环上刻有花纹而鞘口镶嵌着几块晶莹透亮的石片，颜色就像冻透了的白菜。刀柄通体包裹白银外壳，同时刻满了花纹并镶嵌了绿松石、红珊瑚等。护手是铜的，椭圆形，上面似乎刻有龙纹。佩带大约是因为时间久远了而呈一种暗暗的深黄色。

我拿起佩刀，就闻到了从刀口飘出的阵阵樟脑味，看来一直是"压箱底"的物品。还没等我抽出刀身，母亲就嘱咐："放下，小心割了手。"同时又告诉我，这是我堂叔小时候唱戏用的"一个道具"……

母亲大概忘了，1963年时我就随武林耆宿李尧臣老先生研习武术，当时我才十二岁。到了十五岁时在中山公园的来今雨轩正式拜李尧臣前辈为师，拜帖系原二十九军秘书长郭峰惠亲自执笔。我师父曾为会友镖局的镖师，擒土匪、保皇杠，在"西狩"护过镖。民国时期在天桥开办武术茶社并两度出任精武社的掌门。他老人家还在中央文史资料里写出了自己曾亲授杨小楼在京剧《安天会》（《闹天宫》）中的猴拳、教授梅兰芳在《霸王别姬》里的剑法。九一八事变后，二十九军副军长佟麟阁将军亲赴北平，请我师父出任二十九军总教官到部队教授大刀。我师父则根据战刀的特点打造了一种刀剑合一的兵器——无极刀，即将大马士革钢铁打在了刀刃之上，并独创了"无极刀法"，可劈可砍可刺，便于白刃作战，从而在喜峰口之战中响起了"大刀向鬼子们的头上砍去"的战歌。数年前拙著《最后的镖王——武林泰斗李尧臣传》在光明日报出版社出版，里面记述了许多我师父的故事。

我能认不出这究竟是战场兵器还是舞台道具吗？

最后母亲在我不停顿地追问下不得不告诉我，这确实是一把佩刀，是我们家祖上留下来的老物件，原来我们是清代庄亲王的后人……

母亲的一番话，终于解开了萦绕在我心头十多年的困惑。

印象中，父母对我管教甚严，我从小就没有与小朋友们玩耍过，而是认真读书、做作业。后来母亲开始教我弹奏古琴以及水墨绘画等，给我讲解家中百纳、松涛、号钟、醉玉、古皋华等古代名琴。母亲告诉我，我小时候，溥雪斋、溥松窗老先生给我取名为琴心，斋号琴轩，后来张中行老先生还给我题写了"弦韵楼"三个字。我家里不仅有溥儒的藏琴，还有更为珍贵的中和琴，其琴铭出自民国大总统徐世昌之笔。母亲说，中和九龙纹古琴于1952年作为极品陈列出现在亚洲及太平洋区域和平会议的贵宾厅里，这张琴就是"咱家的"。母亲非常重视我对传统文化的兴趣与认知，乃至我在青年时代工作之余还拜了家族之世交友人张伯驹、潘素伉俪的弟子李祥霆先生学习古琴。

去延安插队前要填写履历表。家里告诉我，民族填"满"，我的族名叫启琴，辛亥革命后为了家族平安改为汉姓，也就叫柳琴了。母亲的族名叫恒贞，但一般外人也是不知道的。不过最后在我即将远离生我养我的北京城时，我终于知道了我的身世，原来我还是庄王家族的后人。

然而我压根儿就不知道任何有关庄王的情况。除去上小学时看过电影《林则徐》，知道他是好人，家里存有林则徐的书法条幅；后来就是上中学时看过《甲午风云》，电影里把李鸿章演得令人憎恶，但家中也有他的书法对联。说起有关清朝的故事，那时我的认知还是模糊的。

1971年，我拜毛主席专职摄影师杜修贤为师学习摄影并配合其必要的工作。1974年，师从龙世辉学习文学编辑。龙老师为黄埔军校第十九期学生，后考入辅仁大学中文系，在人民文学出版社工作时编辑出版了《林海雪原》《三家巷》等文学作品。改革开放初期，龙老师还以我为原型创作了短篇小说《小柳》。1976年，我被李文达老师推荐到国际政治学院，也就是现在的警官大学前身兼职进修。李文达老师出生在天津的名士之家，自幼深谙书法、绘画，一口流利的英语让他在抗日时期化身小老大打入76号魔窟。1953年，他在板门店谈判中担任彭德怀总司令的卫士长，曾负责国际政治学院的教务工作，是群众出版社的副总编辑。就是李文达协助溥仪写出了《我的前半生》，全书实为李文达老师执笔来完成的。

用满语说，我的几位老师可都是saisa（贤人）。于是，我就问老师们，庄王府在什么地方？我家这个邻近长安街的一个小小院落和王府有关系吗？

老师们告诉我，第一代庄亲王叫爱新觉罗·硕塞，是皇太极的第五子。清军入关后被封为多罗承泽郡王，后因战功，由顺治帝晋升为和硕承泽亲王，世袭罔替，同时还被任命为议政王。除了在政治军事上有所作为，硕塞还是清初王公贵族中为数不多的艺术家之一，堪称八大铁帽子王中唯一的文武全才。硕塞自号霓庵，能诗擅画，临摹古画尤其擅长山水画。而当硕塞的长子博果铎继承亲王爵位时，顺治帝改封号为"庄"，博果铎为第二代庄亲王，自此以后各代均以庄亲王爵位承袭了。但当博果铎去世前，康熙帝将十六阿哥允禄过继给了这位堂兄，受赏"康熙手书墨子尚贤手卷"等器物。雍正元年（1723），允禄承袭了王爵，是中国第一位正式学习西洋音乐和数理化的皇子，亦是历三朝佐二君著录甚丰，受赏乾隆五福五代堂礼盒。但在后几任中却出了三位自找倒霉的王爷。一个是庄亲王绵课。某年，嘉庆帝准备去木兰围猎，也不知道绵课想起什么来了，上奏说因为发大水，水没桥面，不宜出行。结果嘉庆帝还是亲自去看了，谁知到了河边，吗事没有。绵课犯了"欺君之罪"，随即被免了职务。紧接着庄亲王奕賫也是自己往枪口上撞。道光年间，鸦片盛行，道光帝下令禁烟。一天，有烟瘾的奕賫实在憋不住了，不敢在王府里公开吸食，便和辅国公溥喜跑到一个庙里偷偷吸。此时道光帝正派林则徐去往广东禁烟，听说居然还有宗室子弟顶风作案，在京城偷偷吸烟，怒火中烧，下令将他们抓了回来，谕令"奕賫革去王爵、溥喜革去公爵"，发配黑龙江。后来到了光绪元年（1875），载勋承袭王爵。慈禧亲命载勋为统率京津义和团的团练大臣，结果载勋在庄王府设立了拳坛。八国联军攻入北京，庄王府基本被毁，只有后院部分银安殿建筑得以保存。民国陈夔龙在《梦蕉亭杂记》中讲，"和约第二次开议，惩办祸首。单开各员名及所拟罪名……庄王载勋，请从重论"。于是慈禧不得不下旨，以"庇拳启衅"的罪名，赐载勋自尽了。

至于庄王府，老师们告诉我，在平安里。

然而北京地名通常都是街、条、胡同。恭王府在柳荫街，庆王府在定阜街，郑王府在大木仓胡同，豫王府在东单三条，成王府在后海北沿，礼王府在大酱坊胡同。我仔细翻看了清代朱一新的《京师坊巷志稿》，里面说，"皇城为皇上宸居，诸王在内居住，所属人员，往来出入，难以稽察，应迁居于外。京师人呼巷为胡同"，整本书里也没有找到一个称为"里"的地方。即便有里，也是前有数字的，例如二里沟、三里屯、五里店、八里庄、十里堡。这些地名基本上是以老北京的城门为参照点，十里堡就是距离朝阳门十里路。

其实平安里是后来一个叫李馨的在民国时期起的名。当年庄王府东邻皇城根，南为北太平仓胡同，北至麻状元胡同。毛家湾还有一个小府，住的是庄王的家人。八国联军攻入北京后，因庄王府被指认为义和团的聚集地，于是被烧个精光。载勋被赐死后，载功承袭王爵，就一直凑合着住在后院废墟中。1915年，第十一代庄亲王载功去世，其子溥绪被仍居住在紫禁城里的逊帝溥仪册封为末代庄亲王。

因财源断绝，王府被以二十万元的价格卖给了北洋军阀李纯。李纯是天津人，于是便将庄王府地界上的建筑全部拆除，砖瓦木料编号注册，运往天津。李纯的弟弟李馨则在原址建房，改称平安里，并开辟了一条东西向的道路与皇城根相连。后在东北的路口处，镶有李馨题写的"平安里"砖刻门额。

溥绪以庄为姓，取名庄清逸。作为逊清王爵，人生坎坷，故而对世态炎凉有着特殊的体会。溥绪酷嗜京剧艺术。民国以后由于生活日益紧迫，专门从事戏剧研究，编写剧本。其中杨小楼的《野猪林》、程砚秋的《荒山泪》以及马连良的《苏武牧羊》等都是出自溥绪之手。

据爱新觉罗·启荣回忆，其祖父毓民当年居住在东四头条时，溥绪和怡亲王的后人毓琪就曾寄居于此。至于庄王的其他后人，卖府后，有的居住在菊儿胡同，有的在厂桥铁匠营，也有的搬到了东城的火药局附近。至于我家的院落也早已拆除，无据可查了。只是不知道母亲所说的我堂叔"小时候唱戏"，是不是受到了溥绪爷爷的影响。

按照《大清会典》的说法，亲王府制为正门五间，正殿七间，前夕护以石栏，殿内设屏风和宝座。两侧翼楼各九间，神殿七间，后楼七间，凡正门殿寝均覆盖绿琉璃瓦。正殿脊安吻兽、压脊七种。门钉九纵七横六十三枚。其余楼房旁庑均用筒瓦。李纯把王府拆了后，这些建筑材料运到天津，就在城外西南处仿原样修建起来。其中包括石牌坊、石拱桥、华表、大门、照壁、前殿、中殿、后殿、配殿、回廊、花园。因材料大多都是原王府的画栋雕梁、石雕墙砖以及琉璃瓦等，整个建筑色彩绚丽。周围小河环绕，后面还有一片水塘。碧瓦朱栏的院落，吸引人们不断地前来观看。直到袁世凯把李纯叫了过去："你弄啥嘞？"李纯不敢说打算自己住，改称用作李氏祠堂，这一说法得到了袁世凯的理解。自此庄王府同时也就被称为李氏祠堂了。

然而工程尚未完竣，李纯却中枪身亡。

对于李纯的过世始终有被害与自杀两种说法。首先是蔡东藩《民国通俗演义》第一百二十回的叹李纯诗，其中两句"无端拼死太无名，宁有男儿不乐生？"诗后批云："李纯虽不能无疵，要不得谓非军阀之翘楚，是何刺激，竟至暴死？就中必有特别情由。但仍旧逃不出'妻妾暧昧情事'这句话。"这里的"妻妾暧昧情事"指的是李妾与马弁私通，被李发觉，结果李纯被马弁刺杀而死。不过此为小说而言，并非正史。只是后来曾任李纯书记官和军需科长的苏雨眉在其所撰的《李纯一生的聚敛》中也说，李纯是"死于同马弁私人间的桃色纠纷"，似乎给予了佐证。台湾学者丁中江所著《北洋军阀史话》则是另一种说法。丁氏认为，李纯之死，非李妾与马弁情通之事，而是李与马弁的妻子有染，被马弁发现，一怒之下，把他杀了。

还有一种说法是他自杀身亡。竞智图书馆主编吴虞公口述的《李纯全史》中有一篇《李纯之自戕》中说："李抱病两月余，已渐痊可，后病遂加重，急电请西医须藤诊视，开方即去。李就案写信多封，一时就寝。至三时，值日副官陈廷谟，在签押房，闻内有叹息声，未敢即入。旋陈呼内差,无人答应。陈入室,见室内无一人,李拥被而卧,一无声息,乃有弹自左胁入腹。又于床下得勃郎林手枪一枝,李遗书五封,方知李之死,实系自戕。"李希闵在回忆录里也提到,"1919年的2月左右,朱启钤来看望李纯,两人聊了很多关于南北议和的问题。朱启钤告辞的时候,李纯亲自起身相送,走到院中,由于天冷路滑,李纯摔了一跤,伤到了腰。这次摔伤比较严重,虽然请了苏州最著名的大夫看病,但一时间并不能迅速康复。卧病之中的李纯,看到政局不稳,自己又无法参政,所以变得消极。他几次向徐世昌请辞,认为自己卧病,已不能尽到督军应尽的责任。但徐世昌并不同意请辞,执意要求李纯坚持做江苏督军。我祖父身为李纯的顾问,这个时候就协助李纯处理平时的政务,两人谈到国内形势的时候,李纯说起军阀混战,民不聊生,常常泪流满面。祖父就劝慰他,赶快养好身体,好继续工作。李纯只是唉声叹气……"不过对自杀之说也有人持怀疑态度:"以手枪自杀之人,难有在床上而以枪自击其腹者乎?"

李纯过世四年,工程方才交竣。此时李氏的影响力已日益下降。华北沦陷期间,日本人又把庄园当作了兵营。直到新中国成立后,开始曾作为职工宿舍使用。后修复了两翼围墙并建成了一座可容纳千人的剧场,命名为"南开人民文化宫"。1982年,庄王府被天津市人民政府列为天津市文物保护单位,2005年又被列为重点保护等级的天津市历史风貌建筑。2013年再被国务院列为全国重点文物保护单位。

如今庄王府在天津市南开区的白堤路上。从白堤路边的高台阶走上去，首先映入眼帘的是一座宽大的院落。南北相对的大殿居中而建，两侧较小的东西配房规模略小，曲折蜿蜒的回廊伸入后院深处。大殿的屋脊之上整齐地排列着绿琉璃瓦，屋脊两端安放着大吻与垂兽、跑兽。见此光景，借用当地居民的话讲，这是一座"小故宫"，是唯一一座不在京城的皇室王府。

天津市文物专家魏克晶先生研究后认为，此院落绝非祠堂家庙的建筑格局，就是王府式的建筑模式。只不过当年重建时，把原先的王府建筑布局颠倒了过来。原来庄王府的布局与其他王府应该一样，先是住宅，后是花园。但李纯祠堂正好相反，把花园建在了大门口，而其他三进院子建在花园的后面了。尤其引人注目的是大门前两尊石狮。据传这两个石狮是明朝留下的。因为清兵入关后，明朝大太监刘瑾的宅子作为庄亲王府使用，王府承袭时一并收纳了两石狮，后又被李纯运到了天津。

过了一进门的牌坊，后面便是驮碑的赑屃，偌大的汉白玉石碑是一块无字碑。驮碑的动物叫"赑屃"，传说龙生九子，它是其中的一个，因其寿命长而且擅于负重，所以古人在建筑中大多用它来驮石碑。

走过花园，横在眼前的是一座不太起眼的小桥，略呈拱形的石桥下还保留着窄窄的护庄河。这个小桥的设计完全是按照北京天安门前的金水桥样式设计的。按大清历法，只有皇宫的门前才能有这样的小桥，其他住宅要有这样的建筑都是违禁的。李纯是在民国以后搬迁营造的，否则必然要被杀头的。目前的庄王府建筑群的确承载着众多的历史信息。如中轴线上的主要殿宇均有明末清初大木构架的特征，绿琉璃瓦件上有"雍正九年""内廷""王府"的字样。而板条抹灰、石膏线吊顶和彩色地砖，又有明显民国时期的特征。

如今的庄王府占地两万平方米，仍保持着"青砖、绿瓦、红墙"的清代宫廷建筑风貌以及从南到北的照壁、花园和三进四合院。当我漫步走过小桥，看到地面完整的方砖由于经常有人走过而有些发亮，而四边墙脚绿油油的青苔爬满墙基，内心不免涌出一丝感叹：一个被八国联军焚毁的府邸，如今还能以历史园林的面貌出现在人们面前，真是往事如烟，人生如水。我们还是要坦荡地面对一切事情，就像平静的湖面，无论掀起多大的涟漪，最后总会归于平静的。

我家就在"五大道"
徐定茂

1965年,我考入北京的一所专科学校后离开了天津。在此之前,我家一直住在天津市的五大道地区。

1965年,与弟妹们在洛阳道的住宅院内

出生在"五大道"

我出生在新华南路上的马场道和睦南道之间地段。我的身份证上注明出生那天为1949年8月25日,其实我出生在

10月16日，户口登记的是农历。这样，我于1956年9月1号就满七周岁可以入学了。1962年小学毕业升入初中，1965年初中毕业后考入了北京的一所中专学校。如果户口按照公历登记，那我就得晚上学一年，正赶上"老三届"，百分百上山下乡了，没跑。

家母说，我是出生在大院内靠近睦南道的那座楼房中。但我对于这个院落基本上没有什么印象了，只记得当年院子较大，种满了花草及几株桃树。大院在睦南道上有个旁门，通往后厨。家母经常抱着我出这个小门，站在路边看街景。出门前，先朝后厨的黄师傅讨上一根咸菜丝，含在嘴里吧唧滋味。

从我记事起，我家就搬到洛阳道了。我没上过托儿所，据说当年曾把我送进过托儿所，但我在托儿所里往往是面向着大门，豆大的泪水如断了线的珠子，眼睛哭得红肿，双手还不断地挥动，嘴里念叨着"妈妈、妈妈……"，最后弄得托儿所的阿姨们都几乎精神崩溃了，请家里直接就把我接了回去。

大约是1954年上的幼儿园，插班中班。幼儿园叫"培育幼儿园"，在睦南道东口邻近香港大楼的地方。幼儿园是私立的，校长姓王，家在重庆道生甡里，是位和蔼的老奶奶。我两年后投考的小学也是王校长的"培育小学"，位于新华南路。后来公私合营，更名为"河北大学附属小学"。小学毕业，小升初我第一志愿报考了男一中，结果

169

没考上,被"天津市第十二中学"录取,在常德道上。所以我在天津的十几年里,从来就没有离开过"五大道"。

人力三轮车与马车

记忆里第一次参加的春游就是幼儿园组织的,从幼儿园乘坐三轮车去水上公园。当时的水上公园还叫青龙潭,里面只有几座小岛,需要乘船才能进入。平底船撑过水面,两边是层层芦苇。我已经记不清当年公园里的样子了,好像只有几个竹亭子。留有印象的是我乘坐的三轮车师傅在待车等候时用芦叶、芦茎编了一只昆虫送给我。青翠逼真,还带有一股特有的田园清香。

当时五大道地区公交车较少,所以居住在这里的老人们外出时大多乘坐三轮车。久而久之,三轮车师傅们对客源需求也就有了大体上的了解。三轮车自然基本上就是"趴活儿",选择在重点客户居所的马路对面有树木遮阴的地方等候。在车的后座下面往往挂着一个小铁桶,遇到坑洼处还会当啷当啷地响。这个小桶是师傅"方便"时用的。由于五大道地区的小洋楼里都有上下水,所以临街的公厕就较少。我印象里黄家花园有个"圆茅房",此外就是三四里地外的土山公园后墙,靠近岳阳道路口的地方有公厕了。师傅们内急时如果去公厕,再蹬车回来就怕耽误了活儿,故而以此备用。

当时除去拉客座，一般拉运物品也都用三轮车。只有一些需要集中送运的货物，如冬季的燃煤、夏季的冰块等，才用马车。

五大道的洋楼内都有自备的锅炉，是用于冬日供暖的。锅炉烧无烟煤，在天津也管这种煤块叫作大砟子。每逢秋日，就需要订购一定数量的冬储用煤了。我家的冬储煤堆放在积善里的后院内。送煤就用马车，煤块装在麻袋里，一排排地码放在车上。

当年邻近重庆道庆王府旁山益里的西侧就有一个煤厂。河北路上润兴里出口处曾是一块空地，平时煤厂里拉车的马匹等就放在空地处休养。这块空地上还开过早餐店。20世纪50年代中，这里竖起电影广告牌，我见过上面张贴着《虎穴追踪》的电影海报，赵联饰演的公安人员伏在一尊雕像后握枪射击。

从八里台至水上公园一带多见天然冰窖。炎炎夏日，为客户送天然冰块也是用马车。天然冰块近一米长，整齐码放在大车上。冰块的中间及顶部都铺着厚厚的稻草，用以保凉隔热。冰块送达后，这些稻草也就顺手喂了马。

记得我家盛天然冰块的冰箱一米见方，盖板为两块，木制，一寸多厚，很沉。冰箱内部包有暗银色的金属层，内设支架。支架是活动的，可以按冰块的大小进行调整。冰箱的底部有一个直径两厘米左右的出水口，配软木塞。每天早上需要把塞子拔出将前一天融化的冰水放干净。到了20世纪50年代末，由于食品匮乏，家里基本上也就用不上冰箱了。这个冰箱就一直放在储物间内，盛些杂物。直到70年代中期，我家搬离洛阳道时，这个冰箱也就顺便丢弃了。

"大跃进"时期的"五大道"

"大跃进"时期的五大道一带，彩旗飞舞。高音喇叭架设在路灯杆上，时时播放着《社会主义好》《歌唱祖国》等歌曲。在重庆道与长沙路的交叉处，是比较宽阔的民园广场。当时还在场边搭起了舞台，晚间上演一些类似反映全民大炼钢铁或帝国主义是纸老虎的活报剧。广场边上有个邮局，门前立着邮筒，我为了看演出曾经爬上去过。数十年后经过那里，看到邮筒圆圆的顶盖，我都惊讶当时是怎么上去的，居然还能站在上面。

那时候部分机关、厂矿以及餐饮食品店都在一些街道上用杉篙、席帘及苫布搭起了棚子。厂矿一般是在棚子里展出自己的产品，如布匹、染料、木柜等。机关除去摆放图片展板，有的还用播放小电影的方式来进行宣传。小电影的播放机距离银幕也就五六米，银幕至镜头间用黑布裹成一个筒子，用以密封防止泄光，大家是从银幕的背面去观赏影片的，内容全都是新闻纪录片。餐饮食品店棚子里的食品大多以小吃为主，如大火烧。也有经营馄饨的摊位，由于当时没有液化石油气，这些摊位都是用汽油桶改装的炉子，上面架一大锅，锅里一边放骨头棒子，中间用箅子隔开，另一边根据客源情况随时下馄饨。汤汁一直是滚沸的，呈灰白色，热气腾腾，上面漂浮着零星肥肉渣，隔着两个路口都能闻到一阵阵的香气。

起士林餐厅也有一个棚子架在湖南路上，内设两三张餐桌，销售红菜汤、土豆沙拉和面包。红菜汤是盛在一个保温桶内，食用时须略做加工。家父下班后曾领着我在这里用过一次餐，热热的红菜汤里不仅有两大块牛肉，而且中间还漂浮着酸奶油。借用雀巢咖啡的广告语，"味道好极了"。

起士林餐厅的素炒茄丝

我还吃过起士林餐厅的素炒茄丝。那是1966年底，我借全国红卫兵大串联之机回到天津家中。一日早起，家父对我说中午去起士林餐厅。西餐厅是"封资修"的代表，因此起士林餐厅自"红八月"始已经停业了一段时间。现开始营业，经营大众食品。当时起士林餐厅只是午间开门，并只售一个菜，就是素炒茄丝。

我们是从开在浙江路和建设路口上的大门进去的，里面黑压压地坐了不少顾客。餐厅内只有一层对外营业，也就是早先经营冷饮的区域。而靠近浙江路上原糕点糖果柜台上全都蒙了桌布。通往二楼正餐厅的楼梯也拉上了绳索。来就餐的顾客坐在厅里椅子上等候发票,只有有座位了才能领到餐票,每张票购一份素炒茄丝。我们到后,只有一把空椅子了,结果家父又从布帘后拉出把椅子,才领到了两张票。

我自己持票去原来的乐池处领饭,价格不贵,也就两三毛钱一份。也许是心目中对起士林餐厅期望值过高吧,当时感到茄丝淡而无味,和食堂里炒的大锅菜几乎没什么两样。

简易溜冰鞋

上小学时,学校开设了游泳和溜冰课程。游泳课通常是在上午,全班集体排队去位于西安道上的第二游泳池,听老师讲几句话后就跳进浅水池里憋气冒泡了。而上溜冰课就需要有冰鞋,于是申请报批。不过一双溜冰鞋还是比较贵的。牛皮面、牛皮底,再加上冰刀,一双就得十几元钱,最后家里也只给购置了一双简易冰鞋。简易冰鞋几乎不能称为"鞋"。它只是两块削成脚形的木板,板底用螺丝钉拧上冰刀。冰刀颜色发乌,好像是马口铁的,也没有刃。木板两侧钉有布圈,用以穿鞋带,滑时再把"冰鞋"捆绑在棉鞋上。当时的溜冰课是在学校里上,学校自己泼了一个小小的冰场。记得溜冰课没上几节就停了,不过学生们可以在晚间来校练习溜冰。我就是凭这双简易冰鞋基本上达到了上冰不摔跤的水平。不过这种简易冰鞋在正式的溜冰场是禁止使用的。

我家附近有两个正式冰场,一个在新华南路第一体育场内,还有一个就是在西安道第二游泳池内。第一体育场的溜冰场比较小,而且只有白天场次。场内中心用席帘遮挡出两个区域,里圈是使用花样冰刀溜冰者的场所,而穿跑刀的则在外围逆时针转圈。第二游泳池的冰场较大,分出了一块练习区,供初学者慢慢溜。这里夏季的泳池和冬季的冰场都开夜场。夜场灯火通明,喇叭周而复始地播放歌曲。冬季冰场播放歌曲的节拍一般较快且有节奏感,如《毛主席的战士最听党的话》等。夏季游泳场就播放比较缠绵抒情的歌曲了,最常听到的就是郭颂那独有的满怀深情的歌声:"啊嘟嗬嗬呢哪,啊嘟嗬嗬呢哪,啊嘟嗬嗬呢哪,嗬嗬咧嗬嗬呢哪,啊嘟嗬嗬呢哪,嗬咧……"

小时候的娱乐

那时候每周有六个工作日,因此家父规定我只能周六晚间及周日白天外出观影,其他时间主要是学习。所以当时从晚报上汲取电影方面的信息,成为我平日最大的乐趣。尤其是根据周五登出的周六、周日影片预告,即可对自己的活动做出安排。

当时影片较少，在晚报上主要是查阅复映电影的片名、场次预告，如工人剧场、天宫电影院等都上映老片子。于是我经常到劝业场里的天宫电影院看电影。天宫电影院复映场票价一毛，到了周六晚间也有两场连映的，比如苏联的《非常事件》，是上下集影片。记得我离津前在天宫电影院最后一次看的影片是捷克斯洛伐克的《毁灭性的发明》，改编自儒勒·凡尔纳的小说，上影译制的，非常有特色。近几年，我一直在找这部影片，但始终没有找到。

进了劝业场后，除去到天宫电影院看场电影，我有时还会去天乐剧场听几段计时收费的相声。这种收费类似眼下停放机动车收费。剧场门前有马蹄表，服务人员把入场时间标注在票上，退场时根据时间长短来收费。开场时间在15时左右，直到21时后结束。节目大轴通常是马三立老先生或常连安老先生，压轴则为常宝霆、白全福。

马三立和常连安是轮流登台的。常连安的单口相声中往往还掺杂戏法、口技。我有一次欣赏到老先生的《罗圈献彩》。只见老先生取一布袋，即闻雀儿叫声，疑为放在袋中。掏时又做被啄状，继而怒，摔之踏之，雀儿悲鸣。随即将布袋丢至一旁，忽又闻雀儿鸣叫。剧场内笑声、掌声四起。老先生再将布袋拾起，使劲拧，雀声仍不断，大家方知此为老先生的口技。

天乐剧场旁边的天华景剧场一般演出京剧。白天也安排有计时收费的场次。剧场门前挂有水牌，上面用白粉写着演出剧目及主要演员姓名，从门前走过时，往往可以听到里面击打锣鼓点的声音，内行的戏迷还可据此选定入场时间。类似这样的演出往往不是很严谨，我有一次在此观看《盘丝洞》，到了八戒偷看蜘蛛精洗澡时，只见一些观众进场并同时叫好。后在这些观众要求下，八戒的扮演者现场又唱了一段"叫张义……"，至此才知出演八戒的演员原来工老旦。

耀华中学的老校服

耀华中学创办于1927年，取"光耀中华"之意。1952年改名为天津市第十六中学，1988年复名耀华中学。我父母就是毕业于耀华中学的。大约还是上小学五六年级的时候，我偶然见到了父母在耀华时期的毕业班通讯录。

一天放学回来，惊奇地看到电影《铁道卫士》里的"高科长"正在我家和家父闲聊。原来《铁道卫士》里高健的扮演者印质明伯伯和父母是高中同学，而且还和家父同班。我从桌子上摊开的通讯录里看到了印伯伯的毕业照片，身着美式军服，夹克衫上有软肩章，宽宽的衣领左、右各钉有一个领花，看样子起码是个校级军官。

通讯录里印伯伯的名字还是印文光。印伯伯说，他是后来改名为印质明的。印伯伯还说，毕业照上他穿的是耀华中学的校服，校服仿美式军装，只不过耀华校服上的领花不是反动军队军服上的步枪或梅花，校服上的领花分别是两个字，即"耀"和"华"。

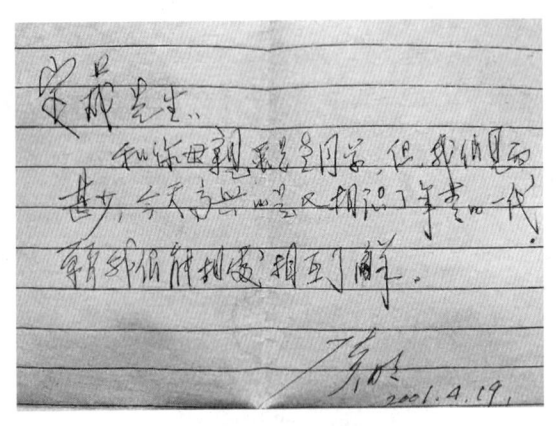

21世纪初，印质明伯伯在看望家母时留给我的字条

我的结婚照

洛阳道西口一拐弯，就是山西路。在山西路鹏寿里的北侧有家奇峰照相馆，我上中学时就经常到这里来。不过不是为了照相，而是买显影粉、定影粉一类的药剂，自己冲洗照片。当年还有一种冲剂，用以给照片换颜色。因为当时的照片大都是黑白的，用这种药剂，两包冲成两碗药水。把照片放入一碗中，慢慢地影像就消失了。取出，凉水冲净，放入另一个碗中，影像又渐渐显示出来，不过就变成蓝白或棕白色的了。

照相馆进门左手处为开票的柜台，正对着的是一个小门，进门上楼梯，在二层拍照。楼梯口处有一面镜子，上有顶灯，镜子边用线绳拴着一把梳子。右手是拍摄工作室，门前挂着厚厚的墨绿色的门帘。工作室很大，有半间屋堆放布景。如坐人的木墩，胶合板制成的立柱等。1973年夏，我所在的北京电力建设工程公司第二大队支援天津杨柳青电厂的机组抢修，我也随之到了天津。工程完工后，在家里休息了几天，临回京前先在瑞华理发馆理了发，然后又去奇峰照相馆照了张相。当时奇峰照相馆已改名为红艺照相馆了。

不过我的结婚照不是在这里拍的，而是在中国照相馆里拍的。1977年底，回津旅行结婚，因为奇峰照相馆二

1973年，我在改名为红艺照相馆的奇峰照相馆照的相

楼比较狭窄，拍照时一旁等候的顾客也都围着观看，让人觉得别扭，于是去找张晓星帮帮忙。张晓星是我的初中同学。家住西宁道鸿吉里，也就是西开教堂斜对面。张晓星是马增芳阿姨的长子，出身于曲艺世家。1968年底去了东北建设兵团。回津后就职于和平区工人俱乐部，分管摄影。

我告诉晓星，我希望拍结婚照时没有外人围观。张晓星听后大包大揽。当即约定次日待营业时间过后，去和平路上的中国照相馆拍结婚照。第二天用过晚餐，我们来到和平路上，见照相馆已关门，心坦然。进门后却见居然有数十人在内等候。张晓星说由于他请来了照相馆的老师傅亲自拍照，所以来了几十个徒弟，为的是打打下手，同时学习观摩："都似介个儿银儿，没外边的。恁莫啦，你不就似介意思嘛……"

我还不如就在奇峰照相馆拍摄呢。

话说小站

刘景周

小站是历史名镇

小站是历史名镇。它因兵而兴,因米而名。

清同治九年(1870),李鸿章接替曾国藩任直隶总督。调任他的亲军营——淮军周盛传所率盛字营屯卫畿辅,十年(1871)二月,周盛传军驻军青县马厂。十一年(1872)修建海防新城炮台。十三年(1874),新城试种水稻成功,准备大面积种植。在马厂与新城间,修筑马新大道。沿途建立驿站,十里一小站,四十里一大站。共建大站四所,小站十一所。光绪元年(1875),盛军移屯距新城三十余里的小站。开通该小站至新城与该小站至咸水沽的河道。在该小站修城门,建行营买卖街。命名新农镇,简称小站,这就是小站镇得名的由来。

自光绪二年至光绪六年(1876—1880),盛军完成了沿马新大道的南运河减河(今名马厂减河)的开挖工作,开始在小站大面积屯垦种稻,开地三十余万亩,有成熟稻田六万余亩。在马厂减河及津南葛沽、咸水沽修灌渠、建桥、建闸，形成了今天仍在发挥作用的津南水利格局。

1885年，周盛传逝世，清廷赐予谥号"武壮"，准予在立功各地建立祠堂，小站遂将原盛军会馆泉神庙改建为周氏祠堂，奉祀周盛传的大殿，即称为周武壮公祠。周盛传殁后，周盛波续建小站镇，1888年，周盛波逝世，清廷赐予谥号"刚敏"，小站周公祠又增建了周刚敏公祠。周氏身后，老盛军由卫汝贵统领。1894年甲午战争中，卫汝贵率领的盛军，在平壤参战，惺怯畏缩，贪污腐败，导致军人哗变溃散，节节败退，最后全军覆没。

1895年，胡燏棻在马厂建立定武军，因营房不敷使用，移军小站，是年底袁世凯接手定武军，并扩招兵员，在小站建立新建陆军。

袁世凯麾下的新建陆军，采用德国军制，摒弃冷兵器，装备全新式的德式枪炮，以优厚的饷糈、严厉的军纪、独特的训谕方式、随军办学，成为中国第一支新式陆军。这支军队，在历史上，导致了戊戌政变中维新派的失败；镇压了义和团运动；统一了清末全国军制；形成了北洋军阀集团。一时间，小站成为中国近代史上影响全国政治变化的原动点位。袁世凯从小站起步，导演了清室逊位，窃取了民国总统大位，以致闹到洪宪称帝，实现了八十三天皇帝梦。其后，北洋军阀政府权位不断更迭，从小站走出的军阀，有四任总统，一任执政，九位民国政府总理，三十几位督军，以及民国各期授予的六十余位上将，一大批旅师以上的将官和政府要员。

小站作为中国第一个近代军事训练基地，在中国近代史上留下了显赫地位和浓重的笔墨。

当年草创小站镇

小站镇诞生于清光绪元年（1875），是淮军盛字军统领周盛传率所部兵勇创建的。盛军是清同治十年（1871）跟随李鸿章"屯卫畿辅"，驻军青县马厂的。光绪元年二月，拔队移屯天津之南洼潦水套扎营，这地方，南扼岐口，东控大沽，与海防前沿的新城声气相接，更适合屯垦造田。

这一年，盛军遵照李鸿章的要求，筹划开挖南运河的减河，以纾解天津城洪涝灾害。但估工需要五十万两白银，只得暂缓实施。周盛传遂先开从驻地到新城的出海河，河长三十余里，底宽十丈，口宽二十丈。又自营地向北开引河到咸水沽二十里通海河，宽深同上，以解决垦田灌溉和军队饮用。因患河水咸甜合流，修建了大石闸三座。一在咸水沽南十里许，即今北闸口地名的由来；一在营地，即今小站；一在新城西南的官港。后又建成咸水沽西大桥，还在葛沽、岐口，各建一桥。

这一年，因为营地本是荒凉的开洼，少人居住，也没有商贩。勇夫购物要跑数十里到咸水沽或葛沽，来去行踪，不便于稽查。故而在营地前面的空旷处，"购材筑屋以止商旅"，吸引了很多咸水沽、葛沽的商家前来开辟店铺经营兵民所需的商品，俗称行营买卖街。买卖街建有东西两座城楼为城关。街道南北各有三个坊门，城门外还有一处栅栏门，共为九门。城邑"既成，命之曰：新农镇"。新农镇位于马厂到新城大道上的一个小驿站，所以新农镇又称为小站。

又因为开屯的勇夫，驻地过于分散，又没有通信设施，联络、传递政令都需要有一个集会的地方，周盛传遂下令在小站镇的西边兴建了八十多间房屋，作为盛军屯田会馆，周盛传、周盛波去世后，清廷敕建的周公祠，就建在原屯田会馆处。其所延续，乃有了今天的会馆村。会馆村的稻田，是纯正小站稻的中心点位。

那一年五月，李鸿章到小站镇勘察工程，对施工节省，给予了嘉奖。

也是那一年，盛军购置各种水车两千三百余架，耕牛八百余头，开始了小站稻种植。海滨荒陬遂成为重镇。1875年农历五月的那天，应确立为小站建镇的纪念日。

承载历史遗迹的小站城街

小站是清代淮军盛字军在天津创立的城镇。在今天小站十几条街道中,有个建成最早的第一条街。它出现之时,就是小站初名新农镇成立之时。《周武壮公遗书》说:"先是,营地本海滨沮洳,居人寥寥,负贩绝迹。勇夫购物于数十里外,道途仆仆,稽查难周。爰就营前隙地,购材筑屋以止商旅。既成,命之曰:新农镇。"这个新农镇街,是盛军当年十八个营盘中的唯一一条买卖街,被称为"行营买卖街",就是今天的小站中山路。

行营买卖街的历史遗迹有栗家瓦房,璩家大宅,电信局,营田局,昭忠祠小站经租处,勋记公司,义和团大师兄刘家开的富有德百货店,冯国璋的医官张相臣开的春和堂大药店,日军侵华时的警备队部,津南第一个中共地下党组织小站特别党支部,等等。

栗家瓦房的主家为栗有勋。老盛军将领记名总兵安徽人栗万江(字杰三),其曾祖栗焕章、祖父栗福广、父亲栗霞明等均被光绪皇帝赐为诰命。栗霞明是天津镇总兵周盛传的舅父。栗万江的后人即栗有勋。栗有勋的儿子栗承恩、栗承荣,一直居住在栗家瓦房,直到1949年全国解放。

璩家大宅的主家是清朝举人安徽桐城人璩衡,曾参加小站袁世凯新建陆军，民国后，任福建省政务厅厅长。璩衡的第四子璩才臣（字佐廷），民国初年曾任小站商会会长。

小站电信局，清光绪十年（1884）天津官电总局在小站设立分局，使用莫尔斯人工收发报机，首发电报。1932年，小站建立邮政局，定为三等甲级局。

小站营田局，清光绪二十一年（1895）冬，直隶总督王文韶，派天津道高骏麟为总办，候补道张振榮为会办，又选派熟悉农政的补用知县经文，在小站设立营田局。1928年，小站稻田改由天津警备司令部营房营田管理局管理。1930年，管理局将小站公管稻田赠给南开大学做校产，1937年，南开校田改由冀察绥公署营田管理处接管。

昭忠祠小站经租处，1895年，袁世凯在小站编练新建陆军时成立。官港的水面和义和庄的稻田产权划归昭忠祠所有，租给当地渔民、农民。官港、义和庄，设有昭忠祠收租场所，经租处在小站营田局办公。

勋记公司，民国时期，军阀张敬尧之女，在小站成立勋记公司，收买田地四万三千一百亩。1937年，勋记公司将稻田卖给日本人。

日伪警备队部，1937年，小站地区沦陷，海光寺日军营部向小站派兵一小队驻守，并命汉奸吴长涛成立伪军警备队，占据小站吴子福的吴家大楼。1938年，汉奸谢隆格、日本女特务川岛芳子（金碧辉）改编李秀成土匪武装为吴部队卫队旅。

小站特别党支部，1937年4月成立。王见新以私塾先生身份，吸引青年人阅读进步书刊，积极发展新党员。

以上就是承载了诸多历史遗迹的小站原行营买卖街。

周公祠庙会

小站周公祠始建于清光绪十一年（1885），周盛传病故以后，李鸿章为他"请旨优恤"，皇帝批复："所有战功事迹，著宣付国史馆立传，并著加恩予谥，在安徽原籍及立功省份建立专祠，以彰忠荩。"当年老盛军在小站，利用安徽会馆泉神庙改建而成。盛军绘制的《盛字全军屯田图》，绘有周公祠图录。原为两进六大殿，1919年，小站营田局重修周公祠，改为一进三大殿，并正门戏楼及东西配殿。中殿新农寺，正对正门西楼，东正殿周武壮公祠，西正殿周刚敏公祠。两祠都有照壁相对。东西配殿为周氏族谱神主牌位。依古例春秋祭祀习俗，定为每年农历三月二十八日、七月二十八日举办庙会。由地方行政部门请戏班，在正门戏楼演戏三日。头两天为百姓看戏日，第三天为盛军看戏日。每逢庙会期，由小站马厂减河大桥到周公祠的一段公路上，沿路两厢搭席棚容纳商户做买卖生意，一时商家云集，举凡稻农所需，应有尽有。顾客填街塞巷，十分热闹繁华。三日一过，拆去席棚，恢复原状。此俗延续到农业合作化，祠殿被生产队挪用。但戏楼、东西配殿、照壁仍存。1957年，卫立煌建议保留周公祠，作为市文物保护单位，进行了修缮彩绘。"文革"十年动乱，戏楼、东西配殿被拆毁，所有祠内供奉系被销毁。改革开放后，1995年，国家重新修缮了尚存的三大正殿，1915年又再次修葺成现在模样。

小站稻缘何出名

很多人问，小站稻为何出名？怎么出的名？就个人的见解，有以下几个方面。

一是米质好。小站近海，土质盐碱，历史上是元明两代盐场所在地。屯为稻田，要大水漫灌涤除碱气。清代盛军开辟马厂减河与南运河接通，所引"御河水"，有南运河从上游浊漳河带来的高原黄泥，含有大量氮磷钾，覆盖稻田，不仅压制碱气，还是天然肥料。黄土与碱土的结合，造就了大米的独特品质，有别于泛泛。

二是当年京师认可，皇帝褒扬。但电视剧上说是"贡米"，不对。国家出钱由国家军队种出来的大米，本就是国家所有。"贡"什么？说是御膳房用米，是对的。当年京官薪水，不光银两，还有米票，清代仓储米，都是漕运的南方籼米，在京的南人，偏把米票贱卖给米市，再换小站米吃。小站米是军粮，所以文献称他们"皆食粮米"。光绪十七年（1891），北京闹大水，李鸿章平价收购南方大米，供给市面，从此，北京市场出售漕运米成为常态。但到庚子年（1900），八国联军入侵，漕米被日军搜罗一空，李鸿章只能用小站大米供应京师。所以光绪皇帝写给周盛传的"御制碑文"说，"秋水沟渠，万众饱夫玉粒；春风楼橹，九重恃此金汤"。"玉粒"二字，恰足是优质米的代词！

三是天津人的推崇。小站稻田民种之后，稻农把稻米储存在天津南门外聚丰粮栈，整存零取，因小站大米极畅销，所以定价较优，稻农乐存。天津人讲究，每到中秋节近，要吃上新小站大米和上篓的小站河蟹，把一餐小站大米饭当作节日盛膳。吃惯了小站大米的天津人，即使在侵华日军米谷统制严酷的情境下，仍有冒死向津城贩运小站大米之人。

四是侵略者的觊觎，使小站大米有了国际声价。先是素有"精米大王"之称的日本企业家加藤平太郎及其子加藤三之辅，成立军谷公司小站出张所，强制收购农民稻谷；后是日本侵略军成立米谷统制会，抢占稻作区开办多处农场，强行征收农户稻谷，绝禁稻农食用稻米，对犯禁者残酷惩治或杀害。

以上种种，都是小站稻名声遐迩之原因。近期小站稻又有大面积恢复种植，青粳白粲，再显芳华，依旧是天津农产品的骄傲。

小站练兵园

在天津，津南区小站镇的北缘，津岐公路的东侧，一片绿树掩映中，坐落着小站练兵园。

小站练兵园是依据清代淮军盛字军创立小站镇，和袁世凯小站练兵留下的遗址遗迹，恢复修建的地域符号式景观点位。它由新建陆军督练处、小站讲武堂、袁世凯督练行辕、小站行营买卖街、中国近代军事陈列馆等历史遗存组成。

练兵园呈现清季建筑风格，蕴含淮军徽籍文脉和现代理念。是"近代中国看天津"的重点景观之一，是2005年天津市规划的海河两岸十二个文化旅游板块之一，是列入天津"百项中国第一"的中国第一座近代化军事训练基地。

这一片灰色的古建筑群，中有护城河回环，旁有小站稻示范田衬托，正是所谓青堂瓦舍、良田美池的典范。平展宽畅的油砟路环绕着它，路两边园林风格的绿化带，与那些灰色的规则的建筑线条，相得益彰。比之小站尘嚣的街市，它显得幽静而清洁，吸引了不少晨练的人。

练兵园的标志建筑有三处。一是兵字图案的碑柱，它是三米高的方形建筑，四面标刻图案化的兵字，碑柱共两个，分立在练兵园西南角的路口。碑柱下是草坪绿地。二是稻穗图案的碑柱，它是圆柱体，柱上环抱着稻穗浮雕，柱腰视平位置环刻碑文，碑文内容为简短的小站稻拓植历史。柱高约五米，也是两个。分立在练兵园的东南角路口。稻穗碑柱下的草坪间，散置若干大理石磨制的米粒形石块，每个米粒都有一口水缸那么大。——呵呵，米粒真要这般大，一粒米就够一个人吃上很久。——米粒、草坪、白石、绿草相衬，十分可爱。三是练兵园中讲武堂正门直对着的，代替传统建筑照壁的是方厚高耸的靶式照壁，有十层楼那么高。照壁上端刻画巨大的波纹式靶环。远在千米之外也清晰可辨，让视力昏瞀的人射击，也必能打个十环八环。靶壁裙腰是阴刻槽深二十厘米的新建陆军兵员形象。其上，仰视可见铸铜贴字的楷书碑文，碑文内容是《新建陆军兵略录存》中的一段文字。但这文字的载体，又分明是21世纪崭新的建筑理念所凝聚而成的，承袭而不泥古，充分表现了设计者的烂漫遐想。

　　进入景观区，首先看到一条商贸街。这是盛军当年辟建的行营买卖街的复建。周盛传留下的文献说："先是，营地本海滨沮洳，居人寥寥，负贩绝迹。勇夫购物于数十里外，道途仆仆，稽查难周。爰就营前隙地，购材筑屋以止商旅。既成，命之曰：新农镇。"这就是行营买卖街的由来。原街市东西走向，两端有东西两座城楼，"新农镇"三个字就嵌在城额之上。复建的这条街，街两端的城楼已改建为白色大理石石牌坊。街头门面连成片，街路仅宽六米，壁装西式街灯，是依照新军旧迹而建。店铺对门之间，可以相互闻声见物。商家开张纳客，街上熙攘繁华。

买卖街后面是与街道平行的一条长巷。由几十个灰砖瓦四合院组成了当年新建陆军督练处。新军当年在小站设有九大处，其为参谋营务处、督操营务处、稽查营务处、执法营务处、行营中军处、教习处、粮饷处、军械处、军医处。这些机关同在一条巷子里，是新军的指挥中心。四合院俱描椽画栋，磨砖对缝，内外门洞，高大门楼。里边照壁游廊，阶除厅事，角门别院，处处可观。这是当年徐世昌、冯国璋、段祺瑞、张勋、曹锟、王士珍等北洋要人出入之所，游人踟步间，可以一睹中国军队近代化雏形的窠巢形色。遥想当年，别是一番滋味。

督练处隔着一条河便是小站讲武堂了。

河是讲武堂的护城河。讲武堂是袁世凯练兵时的新军学堂，它的前身是淮军盛字军的大本营。也称亲军营，因为淮军盛字营是李鸿章的亲军营。盛军的营盘，初始是没有护城河的。营盘用水，由勇夫到农田水渠去取。后来发生了一次哥老会的人对营盘草垛纵火的事件，远水不济火厄，盛军的营盘才开始有了围护营房的河道。当年，新军督练处、讲武堂，都是有护城河的，讲武堂甚至有两道护城河。进入讲武堂,要过一道拱桥,还有一道吊桥。复建的讲武堂只留一道护城河,也没有吊桥了。时光如流水,事物总是在变化着,见不到原貌,便能见到变化,二者不可得兼。世事洞察皆学问吧!

讲武堂正门是一座城楼,登上城楼,可以远眺小站十八座营盘旧址——现在都是村落了,也能叫你感天地之悠悠。讲武堂原是用土围子围起来的,现在为避风雨侵蚀,改为一围砖砌城墙了,比原先更壮观。

讲武堂的主建筑,是讲武堂正厅。它高高地坐落在白玉栏杆的月台上。台基四角有阶梯。正厅面阔五间,进深三间,单檐九脊顶,四面出厦,四围二十四根廊柱。檐柱屏门都是朱漆彩绘。前后屏风门,两侧山墙。门额上,悬挂袁世凯亲题"讲武堂"三字匾额。内置上课桌椅,壁上有匾,也是袁世凯笔迹,题光绪帝练兵谕旨说到的"严加训练"四个字。讲武堂门前旧有刁斗旗杆,当年曾悬挂清朝龙旗。在此驻足,依稀可见昔日军办学堂的旧观。

正厅的两侧开阔的平地上,各建有三排耳房,当年为学兵起居处。正厅月台下面是一个录像放映厅,游人在那里可以看到小站练兵史况的专题片。

城围的南面也有一个城楼,形制一如正门。

走出讲武堂,在城围外面的西南角上,是新建陆军的督练行辕,是袁世凯办公起居的地方。行辕并非淮军时旧有,是新军特为袁世凯建造的。里面虽仍是传统四合院,门楣却完全西化。门洞上有着罗马式圆券,额上镶嵌罗马数字的时钟。院子是两进的,外院有南房六间,分列门洞两侧。院两端各有一个角门。中门门厦连游廊,廊柱下端是板凳栏杆。门灯也是欧化的。东西厢房各三间。正堂七开间,两端为侧室。正堂两侧也各有一个角门。正堂后有马厩。行辕里陈列着袁世凯生平的大幅照片,导游为你讲解袁世凯的故事。行辕的建筑风格是19世纪西风东渐的产物,走进去仿佛迈进历史的门廊。你要想知道老式四合院什么样,行辕便是一座典范。

  小站练兵园是人们了解中国近代史,淮军、北洋军史,袁世凯和北洋军阀的根底之处所,在这里可以洞察百余年前的中华往事。

串门京津冀

京津

冀

探访"五一口号"发布地，探寻那段影响深远的历史

刘心语

2021年中国共产党建党一百周年，在这一年，我了解到了很多生动的党史故事，每一个历史画面都深深地吸引着我。建党仅二十八年就建立了新中国，太伟大了！我尤为感兴趣，却也是始终弄不明白的：在建立新中国的过程中有什么最关键的事件吗？暑期的一次爱心行动，带给了我意外的收获。

在河北阜平的街头，矗立着一块巨大的石头，上面仅写了"'五一口号'发布地　阜平·城南庄"几个字，我围着它转了几个圈，只看到了简单介绍那段历史的文字，又在周边四处寻找，却找不见"发布地"所在。我沿街边走边问，遇到的多是奇怪的目光，回答的也多是"不知道"。我几乎都没信心再找下去了，但那块大石头分明就说明着：一定在这里！我给自己打着气，坚定地找下去。

街边墙上的画吸引了我，"五一劳动节口号"！一定是接近了，我指着这面墙再问路人，"哦，就是当年为

庆祝五一国际劳动节的口号吧，现在不是年年到这会儿都放假了吗！""阜平这儿，就是发布源地！"我谢过热心人，心里懵懵懂懂的，感觉是又不是。

　　回到住地，做着次日返京的准备。我仍惦记着因暴雨未开放而进不去的展馆。反复申请想再去都被大人们的"几十里山路，时间上没法安排"等各种说辞顶了回来，我只好在网上查找，一篇又一篇地阅读，可也没读出个究竟。

　　我的坚定感动了大人们，他们专为我调整了行程，早早起，车上吃，深夜返京，生挤出一点去展馆的时间。我甭提有多高兴了，心里担心着："会开馆吧？雨，千万别再下了。"

　　第二天终于走进了"晋察冀边区革命纪念馆"，紧跟着讲解员一步不落。在写有"五一口号的意义"的展板前，我看到：以"五一口号"发布为标志，中国共产党同各民主党派和无党派民主人士由一般的政治合作关系跃升为在中国共产党领导下的政治合作关系，为建立中国共产党领导的多党合作和政治协商制度奠定了基础。可以说，城南庄既是"五一口号"的发布地，也是协商建国的"策源地"、人民政协的"启圣地"。好重要的"五一口号"啊！但为什么叫"五一口号"呢？

　　展柜中毛泽东主席亲笔修改的"五一口号"手记版的下方，注明："中共中央：发布纪念'五一'节口号。"展板上的两张报纸是这样标明的：1948年5月1日《晋察冀日报》头版头条刊登"五一"劳动节口号,《新华日报》中华民国三十七年五月二日刊登"五一"劳动节口号。我忽然明白了街上墙报的文字是有出处的。文章的内容讲的是：中国革命快胜利了，要干些什么。这是在五月一日国际劳动节那天发布的口号，而不只是为庆祝五一国际劳动节的口号。看来看问题必须把握内容实质，史料结合，辩证去看问题而不能道听途说。

我追问解说员，只说阜平是"五一口号"的发布地，这个地点到底在哪里？依解说员的指导，我走进"晋察冀军区司令部旧址"。

在毛泽东主席当年工作的房间"毛泽东宿办室"久久伫立，他老人家就是在这里亲笔起草了1948年《纪念"五一"国际劳动节口号》，毛爷爷对"五一口号"初稿做了多处修改。最重要的一处修改是将第五条修改为"各民主党派、各人民团体、各社会贤达迅速召开政治协商会议，讨论并实现召集人民代表大会，成立民主联合政府"。驻足凝望着这段文字，想着自此一年后政治协商会议召开，新中国成立，我心潮澎湃，脑海中深深地印刻下这段历史。

4月30日，中共中央书记处扩大会议在晋察冀军区所在地——河北省阜平县城南庄召开（又称城南庄会议），会议讨论通过了经毛泽东修改后的《中共中央纪念"五一"劳动节口号》。

当日，通过陕北的新华社正式对外发布，同一时间，新华广播电台也进行了广播。5月1日，《晋察冀日报》头版头条刊发了"五一口号"。5月2日，《人民日报》头版头条全文发表。

假如那只是为了庆祝"五一"国际劳动节的口号，只是人们以为的强调"劳动最光荣"，怎可能有后来的崭新世界？对于建立中华人民共和国发挥如此重要作用的"五一口号"，实在是应该向全社会广泛宣传，完整正确地宣传。我看到的在一个展馆中就同一个事件的介绍文字不统一，一座城市中就同一个事件的宣传文字不一致，令人迷茫，甚至会产生不良影响。我们有必要深入了解这段历史，让镌刻着当年印记的文物带领我们读懂历史，铭记历史，找寻初心，积蓄发展前行的智慧和力量。

花花盖窝垛枕头
——童谣里的记忆

李志全

一

同学们，手拉手，
大家都是好朋友。
排着队，往家走，
爹娘等在家门口。
农家乐，来一首，
无烦无恼无忧愁。
……

当我走在街头，每每看到小孩子们蹦蹦跳跳地唱着儿歌，脑海中不禁会翻腾出这首童谣，会想起自己那虽遥远却犹在昨日的快乐童年，会想起童年里充满浓浓乡土气息的故乡，以及故乡里无处不在的烟火味……

我出生在冀西北蔚县大南山脚下一个古老的村庄，

一千四五百人,像一个大家庭,东家长、西家短,每家每户对彼此都非常熟悉。村子的两侧是两个峪口,夏天雨季时,山上流下来很大的山水会把大大小小的石头冲进河道里,村里的叔叔大爷会把这些圆润的石头搬回来,铺路、砌墙、盖房,整个村子就像用石头砌的一样,干净、朴素,又自成风景。

我们在村子里的学校上小学,每天除了念书就是做操、抢皮球、捉特务、推铁环、弹杏核……从学校到当街到戏楼都是石块连石块的石头路,不平整但很光滑。那时候村里还没有通电,一到晚上整个村庄一片漆黑,连学校和教室也不例外。这时候老师就教孩子们自制煤油灯或小烛灯。一个圆圆的木底座,外围用黄纸或红纸打上围子,一般半尺高,能挡住蜡烛或煤油灯的火苗不被风吹灭。再用三四股细铁丝兜底上来,在灯上方几股铁丝拧在一起做成环或钩,用短杆一挑,避免火苗烫手。下晚自习后,我们就会每人提着这样一只小灯碗,排着队,走在石头路上,唱着儿歌回家。因为学校是过去的寺庙,又叫阎王殿,大人们常常戏言,"快看快看,阎王殿又放出一帮子'小鬼'来"。这时候,我们就会故意扮个鬼脸,配合着左邻右舍姨姨婶婶戏谑又宠溺的语气,边走边大声念着:

我来问,你来答
答出来的是秀才

答不出来的是泥娃娃

……

二

家里是啥

花媳妇走

锅里是啥

山药蛋子熬稀粥

砂锅吊里是啥

咕嘟咕嘟熬羊肉

盘子里是啥

香菜和美酒

……

在那个物质贫乏的年代,一年到头也难见个荤腥,只有冬至或过年等几个重大节日,生产队里宰个猪或羊,家里会分点肉回来。蔚县有冬至"熬冬"的习俗,那天整个村子都会浸在肉香里。

早晨吃过饭后,母亲就会将切好的肉块放在炉子上的砂锅里,加上花椒、大料、胡葱等调料,小火慢炖。多放水,多加盐,为的是出味,更为的是多出料,做出一锅咸而鮈的作料来,以便在日后的生活里,挖一勺放在寡淡无

203

味的素菜里以增加口感。冬至是一年中白昼最短、黑夜最长的一天，而我和弟弟们总是觉得冬至日的白天特别特别长，一会儿就偷着揭开锅盖闻闻看看，哈喇子都快流出来了。但是不敢偷吃，生怕被发现挨揍。于是问父亲，啥时候熬冬呀，父亲总会说，天黑后，等你爷爷回来就开始。因为冬天白天天短，村民们一天只吃两顿饭，午饭一般会在下午3时左右，唯有冬至这一天，会延后到晚上。这时候我和弟弟就会从门柜子里找出一块玉米面饼子吃两口，背上自制的冰车到绵羊峪口和小伙伴们一起去滑冰。这帮孩子其实早已是饥肠辘辘了，时刻不在幻想着晚上的那顿大餐。

终于等到天暗下来，我们顾不上擦干裤腿、脚上、鞋壳子里沾的冰水，迫不及待顶着凛冽的寒风一溜烟跑回家。我们住的是西厢三间土房，分堂屋、北间子和南间子。我们小哥俩先进南间子和爷爷打了招呼，就到北间子的炉子跟前伸出小手小脚烤湿淋淋的衣服和鞋子。父亲和爷爷聊着天，母亲张罗着熬冬菜，姐姐打下手帮忙，满屋子的肉香。我实在馋，就怂恿弟弟向父亲报告说鞋袜都烘干了，不冷了。父亲便会心知肚明地喊一声，都过来吧，熬冬开始啦。

我们会像猴子一样利索地依次爬上炕，围着中间的盘子坐成个弧形。我从盘子里拿出碗和筷子一一分发，当然是先给爷爷了，最后的留给自己。因为我从小总是盘不好腿，就申请坐在炕沿边上，温酒就成了我的活儿。我从堂屋的高桌上拿出头天去供销社打的散装白酒，从小门柜子里找出青砂酒嗉子，先用开水烫一下，晾干，再把酒嗉子倒个七八分满（也就七八两的样子），放在炕沿边的炉盖上加热，去了寒意后把温好的酒斟到瓷盅子里，满满的两杯，敬到爷爷和父亲跟前。爷爷端起酒杯，先拿筷子头蘸点酒让我尝尝，又立马找块红肉喂在我嘴里，这是长孙的特别待遇。我在弟弟羡慕的眼神里大口嚼肉，心里美得无法形容。爷爷说今天开始就交九了，数九寒天的日子才真正到来，把今天这顿饭吃好，酒喝好，就能平平安安地扛到春暖花开，再苦再冷的日子都不怕。当然我们小孩子什么都不怕，鼓起腮帮子就给爷爷背起儿歌来。

  锅头脖儿里是啥
  小猫迷恋热锅头
  炕上是啥
  花花盖窝垛枕头
  堂地下是啥
  升和斗
  耳房子是啥
  果木篓
  ……

（备："锅头脖儿"就是锅台与炕连接的角落，那里有烟道通过，暖和。）

屋外寒风凛冽，屋内的一家人在肉香里分外开心。喝着酒，吃着菜，聊着天，计算着活计，向往着日子。夜一点点深了，母亲还会从家里的果木篓子里拾出一碗冻楸子（楸子树上长的果实，形状类似海棠果），放在凉水里洗一洗，剥去皮吃在嘴里，那叫一个透心凉。弟弟们熬不住了，送走爷爷，便迅速地搬下花花盖窝，两人一组钻了进去，枕着那个长长的荞麦皮枕头，满意地睡去。

三

农村的生活有许多讲究，尤其是一入腊月，年关将近，腊八、小年、除夕各种大小节日不断，几乎每天都有个说道。孩子们都放了寒假，帮助父母干点杂活，期待着年快点来到。

我的年节，是在"一响、一会、一怕"中度过的。"响"是响鞭炮，腊月初，我就吵着跟父亲去赶集，欢欢喜喜地将鞭炮买回来。常常是一挂小炮，十支"二踢脚"，到了家我就立马将它们整整齐齐放在外窗档上晾着，在冬日暖洋洋的阳光下，它们会变得分外干爽。大年初一早上，边笼旺火，边响炮，那叫一个过瘾。"会"是会贴窗花，母亲说我贴的窗花般配，不管是十二生肖，还是花鸟鱼虫、人物故事、戏曲脸谱，总会让窗花里的故事耐听又耐看。特别是早晨阳光升起来的时候，光线打在麻纸上，映得窗花格外耀眼，满屋缤纷的阳光温暖着整个童年。"怕"是最怕拜年，因为是长孙，总要处处带头，第一个给长辈磕头、作揖，要先说吉祥话，常常露怯。特别是走在大街上会碰到很多拜年的村里人，全要互相作揖、打招呼，又不给压岁钱，很不情愿。

但有个五服内的大爷爷家我们都是愿意去的。大爷爷的堂屋里和我家一样，有几只大瓮，有一个瓮盖子上放着"升子"，没有"斗"。里屋炕上的墙围子倒是彩色的，挺好看。盖窝上压了一个白羊皮袄，看不出是不是带花的被子。一进堂屋门，地上铺了几个装粮食用的空口袋，我们跪在口袋上喊道："大爷爷，给您磕头拜年了。""不用不用，都新社会了。起来吧，小子们。"大爷爷话音未落，我们就迅速地站起来，趴在炕沿下，毫不客气地猛吃起来。最喜欢吃白面和小米面做的油炸馃子，甜脆可口，满嘴留香。还有葵花子，偶尔有几颗黑枣、花生，抓一把，吃一路。压岁钱有"小镚"（一分钱）、"中镚"（二分钱），也有"大镚"（五分钱），小心翼翼地装在兜里，沉甸甸的。

初一早上的年拜完，我和弟弟们拿了压岁钱，跑到院子外疯玩开了。这一天，鸡和狗都圈在窝里不出来，院子里格外干净。我们最喜欢到笼旺火的灰堆周边，看看还有没有"截捻"的小炮。偶尔找到两个，像拾了宝贝一样兴奋。把没捻子的小炮从中折断，火药露出来，夹住另一个捻子，然后点着，先听一阵"哧哧"的火药声，再听一声爆竹响。我们管这叫"老婆打汉子"，先骂再动手。然后捂着耳朵夸张地跑开，边跑边有板有眼地念着：

窗户上是啥
窗花贴得花嗖嗖
房檐底下是啥
两个小孩数橡头
窝里是啥
鸡和狗
灰堆里是啥
小心鞭炮炸了你的手
……

四

大街上是啥
秧歌扭
戏台上是啥
生旦净末丑
骡马车上是啥
姥姥搬到大门口
……

过年耍红火有很多：蹬高跷、牛斗虎、扎灯、送对联、摆灯碗，看说书的、听叨古的，各种社火，各种开心。村里戏台上唱大戏是最热闹的时候。年节时、秋收时、祈雨时，村里都会唱几台戏。由于我们村是县里有名的"戏窝子"，虽是自娱自乐，但远近闻名。清末民初也出过几个响当当的名角。人们说我们村的戏最难唱，因为大人孩子都懂戏，就连村里的狗叫都带着秧歌味。当时的剧目也不少，既有八个样板戏，又排些小戏，还有传统的山西梆子（人们又叫大戏），穿插着唱。我那时爱看戏，个子小，总是挤不到最前边，后边又看不到。怎么办？这事难不倒我们聪明的小脑袋瓜，我就和其他几个小伙伴爬到戏台对面的磨面房顶子上看，高高在上，谁也挡不住。其实离得也远，也看不清眉眼，只能听个锣鼓镲音，可我们也乐此不疲，看戏也看那些看戏的人。戏台底下满满的观众，足有几百人，每家每户三里五村的亲朋好友都要请来看戏。戴帽子的是男人，在中间；罩头巾的是女人，靠墙边。上午一场，晚上一场。我场场不落，总要坚持到最后。如果是白天上学，晚上自习就看不成了。一般情况是只要村里唱戏，学校就不上晚自习了，给了孩子们尽情撒野的时间。

五

街里是啥

骡马走

场里是啥

鞭子搅碌碡

盆里是啥

黄糕泡大肉

……

一到秋收季节，生产队就会选一块大而平坦的无沙地，通过耕、耙、碾轧、洒水、再轧，反复几次，轧出一面宽阔光滑的场面来。农人们就会将各种农作物从大田里收割回来，集中到场面上，男女老少按着不同的分工，进行分类处理。往往先收割回来的是豆类、谷黍，最后是土豆、玉米。

黍子是我们的主粮，产量很低，但它碾成大黄米，再做出黄糕，又甜又筋道，而且特别扛饿。民间广泛流传着"三十里莜面，四十里糕，二十里的荞麦饿断腰"的说法。蔚县人吃糕有讲究，蘸菜吃，但嚼菜不嚼糕，整个儿咽，一步到"胃"，这是祖祖辈辈传下来的绝活儿。只有整个儿咽，消化慢，才扛饿。"八月十五吃新糕"，一般在中秋节前后能吃上当年的新糕。收割回来的黍子要先碾,辗黍子一般是带秧平铺在场里。黍穗对着黍穗整齐地排列好,然后由一具牲口拉一个碌碡,一个人牵着缰绳,在中间拿着鞭子,赶着牲口。根据碾轧的程度,随机调整半径,由于黍秆刚从地里割回来,有湿气,很难一次性碾干净。第一次将大部分黍粒用扇车扇尽,摊在场面上晾晒,碾扁的黍秆子即黍穰,经过几天晾晒后,再次碾轧,就干净了,做到了颗粒归仓。黍子不去皮磨面蒸的糕叫黍子糕,也叫毛糕,去了皮的叫黄糕。每天中午能吃一顿黄糕,那是多少人向往的美好生活。我们家也只有家人生日、孩子考学、办喜事的时候才能饱饱吃上一顿黄糕。

六

时间过得真快,转眼近五十年的光阴过去了。人们的生活发生了根本变化,很多小时候觉得是天方夜谭的都变成了现实。但那内心清净如水的童年时光和农村浓浓的乡土气息成了永远抹不掉并津津乐道的记忆。如今,我还经常想起冬至那天的暮色里母亲等在自家门口,斜倚着土坯墙的背影,想起她故作生气地数落我们:"要得尽黑尽夜的,满身泥水,明天光着身子念书去。"那声音,映衬着袅袅的炊烟,化作了我人生永远不变的依恋。想起小伙伴们在学校里扎纸飞机的神态,到处奔跑的身影,那些场景，在懵懵懂懂的童年里，成了张嘴就来的歌谣……

  操场上是啥
  几个小孩抢皮球
  教室里是啥
  专打调皮捣蛋的粉笔头
  ……

下花园区京张铁路纪念馆

杨洪春　高玉琴

按照"谁给开工资就算谁的人"的说法,我不是铁路人。是工作需要使我与冷冰冰的铁轨结缘,守护着京张铁路下花园路段。

我曾就职下花园区政法委,负责铁路联防工作。每每望着笔直的铁轨,总感觉自己就是一个过客。暂时停靠在一个小站,火车启动后就会离开这里。到下一站,再下一站,一直奔向诗和远方。

一晃,几年过去了。

随着铁路护路工作的不断重复,不知不觉间,我对京张铁路有了很深的感情。想起课文《詹天佑》的内容,有一种说不清的感觉,一股无形的力量推动着我,呼唤着我,暗示着我,应该为我守护的京张铁路做点啥……

《我的京张铁路》作者王嵬,一个像火种一样的年轻人。是他丰富了我对铁路的认知,激发了我爱路护路的激情,唤醒了我保护红色文物的爱国主义情怀。我做了一个大胆的决定——创办"下花园区京张铁路纪念馆"。经过五六年的精心筹备,"下花园区京张铁路纪念馆"于2017年开始创建,2020年正式对外开放。

"189号"里程碑

王嵬也不是铁路人。他从六岁刚刚懂事起,在父亲的支持和陪伴下,十几次徒步走过全程约二百公里的京张铁路,用相机拍下了铁路沿线的各种风景和各个重要设施,记下了密密麻麻的各种数据和变化情况。从一座桥梁、一个隧道、一个站点到一个陡坡、一块里程碑、一颗道钉,他都有记录,有分析,有图片,有说明。说他是京张铁路的活字典,行内无人反对。

天意注定,不是铁路人的我和不是铁路人的他会因"不务正业"而结识。从他那里我学到很多知识,也得到不少信息,由此引出一段关于"189号"鲜为人知的小故事。

说起"189号",得先说说"苏州码子"。"苏州码子"发源于苏州,曾是中国官方和民间的计数数字。20世纪初,阿拉伯数字在中国推广使用后,"苏州码子"才逐渐被取代。一百多年前修筑京张铁路,完全依靠中国人自己的力量,铁路之父詹天佑任总工程师,用中国的苏州码子在石条上刻下了丨〢〩(苏州码子),即189。189号里程碑是第一代中国铁路工作者业绩的证明。京张铁路建成之初的里程碑是以"华里"为单位的。到了民国时期开始采用"公里"为里程单位，并对沿线的里程碑进行重新布置。为了节省开支，旧物重用，原来置于怀来—土木之间的标志里程189（华里）被移置于原张家口宁远站附近，标志里程。1956年新建张家口南站，撤销宁远站，加之改用世界通行的阿拉伯数码标记里程，苏州码子189号里程碑被弃用。

王嵬在逐段考察京张铁路沿线遗存遗物时发现了这块碑，委托当地粉丝朋友留意保护。2017年修建高铁重建南站，189号里程碑被施工队铲倒，就在即将被彻底清除之际，我和几个同伴及时赶到施工地点。几经交涉，我们终于将重达四百多公斤的189号里程碑运回下花园。

目触着苏州码子189号里程碑，如获至宝，心潮起伏……

风风雨雨一百多年，承载了几代人的绿皮车已不再运行，2020年随着复兴号高铁的开通，下花园站也光荣退休了。张家口南站进行了大规模翻新，成了现在的张家口站。苏州码子189号里程碑见证了京张铁路的百年发展史，像一个老兵守护在铁路旁，风雨无阻。现在它退役不退岗，又静静地守护着"下花园区京张铁路纪念馆"，进行爱国主义教育，为爱路护路工作做着自己新的贡献。

砼　源

　　砼，混凝土的简称。1887年英国人首次发表钢筋混凝土结构的论文，迎来了人类应用钢筋混凝土的时代。京张铁路北沙河路段始建于清末1905年，当时使用了最先进的材料和技术——钢筋混凝土工艺。这些混凝土在使用超过一百年以后，桥墩依旧挺拔坚固，蕴含其中的民族精神成为国人永远的骄傲。

　　2017年，因修高铁，大桥十六座桥墩，由南向北依次拆除。得到消息后，我们驱车前往，找到几块从桥墩上拆下来的砼。在别人看来，这就是建筑垃圾，没有用处，只有笨重。当时，我找到一家快递公司，快递员过来看了一下，委婉地拒绝说："不好意思，我们不托运垃圾。"无奈，我们咨询了多家快递公司，终于联系上了联邦快运，他们只答应帮我们把东西运到宣化。没有办法，离下花园近一点儿是一点儿。几天后，我们终于把砼又从宣化运回到下花园。不知情的人看到这几个笨家伙，不免露出一脸的嘲讽和匪夷所思。

　　基于我对中国铁路的了解，我坚信这几块混凝土一定有着不同寻常的价值。我联系上了国家混凝土博物馆馆长欧阳东教授，欧阳东教授听说后如获至宝，执意要收藏进国家混凝土博物馆中，我纵有万般不舍仍欣然同意。北京建筑大学教授宋少民得知此事后，题诗一首：京张铁路百十年，沙河北桥有砼源。而今存样得惠处，詹公闻讯亦开颜。

躺在"下花园区京张铁路纪念馆"第二展厅箩筐里的几块混凝土是中国混凝土的源头——砼源，土话说就是中国混凝土的祖宗。它像一颗璀璨的宝石，随着岁月的沉淀而熠熠生辉。

铁路护路指挥高清地图

我满腔热情投入到护路联防工作之中，想方设法解决联防护路工作中的实际困难。我始终坚信，方法总比困难多。

在京张铁路上有站点、隧道、桥梁等多个护路节点，布防和监控工作有很大的难度。尤其2020年高铁开通以后，我们又多了一条需要监护的重点线路，布防和监控工作的落实更是迫在眉睫。经过多方联系，设计制作了一幅"铁路护路指挥高清地图"，影像来自卫星，铁路沿线各个节点一目了然，这样就大大提高了布防监控的实效性。地图上各个节点处都装有磁铁，已经安装了监控设备的位置粘着一枚枚彩色的磁钉。另外，这张地图还可以用白板笔随意勾画，不需要时勾画的痕迹能轻松擦掉。这一设计，给防控布控指挥工作带来了极大的方便。

下花园区京张铁路纪念馆

"下花园区京张铁路纪念馆"暂设在下花园区桐和集团一楼，共有三个展室，展出了几百个老物件和若干相关图片。短短几年，"下花园区京张铁路纪念馆"接待党政机关、社区群团和中小学校参观学习上百场，近五千人次。共青团下花园区委、区教体局、区少工委挂牌认定其为"下花园区少先队校外实践教育基地"，张家口市教育局认定其为"张家口市中小学生研学实验教育基地"，国家铁路局表彰其为"平安高铁"科普和普法宣传活动先进单位。2021年6月，《护路人收集的红色记忆》刊发在《全国铁道护路联防》杂志上。2021年7月18日，《点滴记忆绘百年巨变》刊发在《中国法治日报》。2022年3月1日"开学第一课"刊发在《人民日报》客户端。2023年2月23日，《护路馆里受教育》在"学习强国"平台推送。

京张铁路是中国人民和中国工程技术界的光荣，也是中国近代史上中国人民反帝斗争的一个胜利。京张铁路作为工业文明走进中国的象征，它的发展与变迁映射着中国百年发展的年轮。充满沧桑的铁路承载的是历史的文化记忆，是一个时代的标志，那些曾经的老物件背后蕴含着无法用金钱衡量的精神价值和研究价值。

就拿小小的火车票来说，1949年以后第一代是指头宽的硬纸板车票；第二代是银行卡大小、粉色的、下半部分有一（后改为二）维码的软纸车票；第三代是浅蓝色磁介质，可以刷码进站的火车票；第四代就是现在的刷身份证即可进站的电子票，也就是无票时代。短短百年，我们就已经从排长队购票到了足不出户网络购票时代。

中国铁路，中国科技，中国成就，中国精神！中国自信！

点滴记忆百年前行路。小小记忆馆记录着京张铁路一百多年的前世今生，勾勒着中国铁路一百多年飞速发展前行的轨迹，更是铭刻着中国共产党带领中华民族百年奋斗前行的伟大！

那山，那海，那时候的人与事
——北戴河岁月

王志毅

北戴河，隶属河北省秦皇岛市，是我国著名的避暑胜地，被称为中国"夏都"。地处河北省东北部，秦皇岛市东南部。光绪二十四年（1898），清政府将北戴河海滨辟为避暑区。1949年以后，这里已经发展成疗养、旅游和养生的胜地。

我的父母家在山东胶东地区，他们都是抗日战争时期参军的，经过解放战争和抗美援朝，1954年到了北京空军部队。1955年，在北京军区空军后勤部工作的父母，带着我和刚刚满月的弟弟从北京来到了北戴河。我母亲到了北戴河后就复员了，在北戴河地质部疗养院工作，直到1970年回到北京。

空军疗养院

北戴河空军疗养院（178疗养院）坐落在东联峰山西

侧山脚处。联峰山位于北戴河海滨风景区西部，因状似莲蓬，故又名莲蓬山。其傍海东西横列五公里多，恰似大海的锦绣屏风。空军疗养院西边是北京军区疗养院，东边是部委疗养院，周围有陆庄、丁庄、河东寨三个村子。疗养院的院子挺大，1955年刚刚建成，全部是苏式营房。对着大门的是门诊楼，两侧是球场和各种运动器材。门诊楼两侧分布着四座疗养楼，楼中间是一个大花园。院子的北侧，从东到西是幼儿园、家属区、空勤灶、冷库、服务社、总机班、工作人员食堂和工作人员宿舍。往北下坡是养猪场和马车班，大礼堂在花园北侧和冷库南侧，礼堂大门两侧分别是乒乓球室和理发室，图书阅览室，礼堂后台东侧是化装休息室。锅炉房和洗澡堂在1号楼西侧，院部办公室在门诊楼东侧，再往东然后往北到家属区是果园和菜地。门诊楼右前方往西是汽车队和院务科的工作间等，在3号楼东侧、家属区南侧是花房，有一个大暖棚，还有一块地种着花花草草，这里一年四季都花香四溢，是一位姓毛的职工管理着，我们叫他毛大大，经常跑去玩。花房前面下坡处有一个大菜窖，冬天存储大白菜等，那是我们冬天捉迷藏的好地方，玩够了，掏个白菜心，拿根胡萝卜就跑了。178疗养院是全军绿化先进单位，房前屋后全是果树和花草，还有松、柏、柳、杨等树木，2004年我回去看到，房子盖了不少，果树基本上没有了，没有变化的水塔还在松树林边上立着。那时一入夏，桃子、李子、海棠、樱桃、无花果、苹果等水果唾手可得，没有人看着，也看不过来，男孩子们可高兴了，经常"顺手牵羊"。后来院里组织孩子们学习辽沈战役中战士们在锦州的苹果树下秋毫无犯的故事，孩子们就老实了很多。我家住的是平房，房间是木地板，有暖气，带卫生间，两家共用的厨房和水房。178疗养院的疗养员主要是飞行员。1960年左右，我见过苏联飞行员，他们喜欢小朋友，嘴里说着"哈啦少"，伸出长着毛的像胡萝卜一样粗的手指头，和我们做游戏。因此，当年营区建设的标准是比较不错的。部队军改以后，现在已经被军区疗养院合并。

  出了疗养院大门，步行半小时左右就到了海边，海边有疗养院的海水浴场，往东依次是军区疗养院、中直疗养院等的海水浴场。沿着海边是西海滩路，往东就到了中海滩路，就是北戴河的中心区了。当时，西海滩路夏季并没有交通管制，只是有几个警察维持秩序，首长的游泳区，没有首长游泳时，没有人站岗。现在，夏季期间西海滩路实行交通管制。当然，现在的游人和车辆比当年多了很多。

小学时期

陆庄小学

学校位于陆庄村,是一座乡村学校,学生主要是几个村子和疗养院的孩子们,校舍在当时是当地最好的建筑。1960年9月,六岁的我开始在这所学校学习。一至二年级的班主任是一个年轻的女老师——张老师。夏天她穿着白色连衣裙,她对我们学生非常关心,给我留下了美好的印象,后来听说调走了。三至四年级是两个中年男老师担任班主任,讲课都不错,特别是教我们写毛笔字很认真,也引起了我挺大的兴趣,可惜后来因为各种原因荒废了。五至六年级的班主任是一个刚从师范学校毕业分配来的曾宪波老师,年轻的老师朝气蓬勃,知识面很广,对我们学习的提高起到了重要作用。我在班里年龄最小,个子却最大,但是力气不是最大,因为有的同学比我大两三岁。1966年6月,我参加了北戴河中学的招生考试,考试完后,曾老师拿着答案分别与我们对照,我的数学是一百分,语文是九十五分以上,他很高兴,我也很高兴。我在学校还算是好学生,连年的三好学生,成绩也不错,一次杨校长带着老师到我家进行了家访,这在学校是不多见的。但是没有等到录取通知,就"停课闹革命"了。一天,几个年龄大一点的同学来找我,要参加"大串联"去北京,我也想去，就和父母讲了，老爸一句话"部队子弟禁止参加'文化大革命'"，连学校也不让去了，我就成了"逍遥派"。178疗养院又怕孩子们无人管，就派了一位干部来组织我们半天学习，就是在一起活动，基本上是读报，学习《毛主席语录》，我在那个时候把《毛主席语录》和"老三篇"背了下来。孩子们年龄不一样，也没法上文化课，只要不"放羊"就行。直到1967年春天"复课闹革命"，我们又回到了陆庄小学，学了点初中知识，但是很少。直到1968年春天，我们才上了初中。2004年5月，我和小弟弟两家去了地质部疗养院和178疗养院，路过陆庄小学，因为上课没有进去。后来想去，因为暑期封路没有去成。2016年10月，我利用战友聚会时又去了一趟，结果在178疗养院附近，有一个挺大的学校，挂着"西山小学"的牌子，一问门卫，陆庄小学撤销了，附近三所小学合并成立了这所学校，我的心里特别失落。因为小学期间，有几件事让我难忘。

演活报剧

二年级，为了庆祝"六一"儿童节，各班演出节目，我们班演的是《王二小放牛郎》，里面有个角色是鬼子军官，老师选中了我，可能是鬼子服装大，我勉强可以凑合，挎了个刷了漆的木头刀，可是要佩戴眼镜，就从一个老太太处借了一个老花镜，但是我一戴上，路就看不清了，一走路就晃悠起来，结果正式演出时，台下笑声一片。从此，我在学校也小有名气了。五年级，学校排演话剧《小马克捡了个钱包》，我演了个男二号，戏不多，但是一上台，身上发紧放不开，勉强演了下来，我真干不了这个行当。

一个窝头

1962年冬，一天老师通知我们，第二天中午带饭。我回家以后和父亲讲了，他在食堂给我买了一个窝头。第二天快中午时，老师让把午饭拿出来，同学们拿出来以后，老师放在了取暖炉子上烤起来。我带的黄色窝头比较显眼，其他同学基本上带的都是黑黑的红薯面窝头，或者是菜饼子，我心想幸亏没有带馒头。那时候困难尚未过去，粮食很紧张，我们只有每天半斤的定量，也吃不饱，但是和农村孩子相比，我们还是幸福的。那时候我开始知道了节约粮食的重要性，直到现在我也不浪费粮食。大概是1963年，院里上学的孩子多了起来，院里在幼儿园旁边建了学生食堂，菜是每人一份，饭管够，伙食很好，我的个子和体重都很快长了起来。

听孙敬修老师讲故事

家里有一台电子管收音机，听小喇叭的节目，特别是听孙敬修爷爷讲故事，是那个时代小朋友的爱好。一到

225

时间，我们就趴在桌边听节目，"小喇叭广播完了，小朋友们再见！"收音机一关，又跑出去玩了。大约是在1963年放暑假的一天，疗养院通知上学的孩子晚上集合一起去听孙敬修爷爷讲故事。晚饭以后，我们排队到了附近的一个部队疗养院，进了大礼堂，里面几乎坐满了孩子。一会儿，一位军人叔叔出来讲了几句话，接着孙爷爷出现在舞台上，孩子们欢呼起来，其热情堪比现在的"追星族"。一个小桌子和一把椅子，还有一杯水，孙爷爷开始讲故事了。孙爷爷先讲了他最拿手的《孙悟空三打白骨精》，赢得了孩子们一片掌声和欢呼声。接着他又给我们讲了一个故事，实际上就是解文说字，讲的是聪明的"聪"字。聪字是由耳、两点、口和心四个部分组成，同学们如果想要学习好，变得聪明起来，上课时必须要：认真地用耳朵听讲；两点代表两只眼睛，要认真地去看；用口就是大胆地回答问题，提出问题，反复地朗读；古人把用脑认为是用心，用心就是把知识认真地记住，琢磨和消化。做到这几点，你就会变得聪明起来。特别是第二个故事，给我的启发很大，虽然没有变得聪明，但是明白了如何去学习，怎么去学习的基本方法。孙爷爷讲得生动且通俗易懂，不愧是"故事大王"。我们高兴而去，满意而归。

愉快的暑假寒假

北戴河的夏季是最好的季节，鸟语花香，山清水秀，特别是疗养员多了起来，人们也穿得漂亮了，显得热闹极了。夏天的蔬菜、水果及海产品丰富起来，天气除了有几天挺热，早晚还是很凉爽的。因为放假，孩子们可高兴了！我一般是先把作业写完，然后出去玩。玩的内容丰富多彩，除了北方孩子们玩的弹玻璃球、推铁环等活动，大了以后，学会了骑自行车，骑着到处跑，原来去一趟海滨要走一个多小时，很累很少去，会骑车后，经常去逛街。疗养院里的运动器械，也成了我们的目标。固定滚轮、活动滚轮、旋梯、浪木等，上了中学以后，每个上去都能来个一百下。乒乓球、篮球也能来几下。我喜欢打弹弓，而且打得挺准，曾经半天打下十几只鸟来。一天我们跑到联峰山上去打鸟，因为树高，还没打着，就被护林员发现了，教训了一顿，因为我们态度好，弹弓没有被没收，挨完训赶紧回家了。一天我们在大礼堂后台的几个道具箱子里找到一支气枪，高兴坏了，跑到海滨的文具商店里买了一盒气枪子弹。白天不敢打，怕被发现，就晚上打。用手电照着，麻雀不动，比白天好打。到了五年级后，每年暑假要到马路的汽车停车站去站交通岗，我和何庆北、何爱萍三个人一组，每组两小时。那时候公共汽车不多，大概半小时一班，是海滨到火车站。马路是双向两车道的水泥路，路两边是高大的垂杨柳，站在树下很凉快，车来了我们站好，交警有时来巡视一下。一次，我们组的何爱萍捡到了一个大娘掉下的钱包，受到了学校表扬。没事的时候，我们抓蜻蜓，逮知了。夏天我还帮助做冰棍，负责冷库的职工叔叔不知怎么看上了我，有段时间让我去帮助做冰棍，就是去干一些杂活，晚上放电影时，帮助卖冰棍，没有什么报酬，就是干完活奖励一根冰棍。还有就是去空勤灶帮厨，操作间不让进，就让在外边的小房子里帮助择菜。我们喜欢在做西点的操作间外，趴着窗户看胖大厨带着一个炊事员做西点，喜欢闻奶油的味道。

北戴河的冬天比较冷，特别是人很少，就连海滨都没有多少人，很冷清。我们从秋天开始就要准备柴草，因为做饭要用，好在平时都吃食堂，只有周末做一点。到了休息日，跟着母亲背着个筐，拿着耙子，上山去拾柴火，一般是松树毛，有油性好烧。另外用一个长钩子，把干树枝子拉下来，捆成捆背回家。还有到了秋收以后，我们拿着小镐头到地里刨白薯，捡花生，经常有不少的收获。我还和同学去挖田鼠洞，到地里没有庄稼后，很容易找到田鼠洞，在附近找到另一个出口，堵好洞口，开始挖，很快可以挖到田鼠的窝，消灭了田鼠，还能得到不少粮食。

各扫门前雪，我们每家都有大扫把，每天都要打扫门前卫生，下雪了就要扫雪，然后我们有时候会堆雪人，打雪仗。结冰了，我们会到冰上滑自制的冰车，但是没有冰鞋。冰面上坑坑洼洼，只能滑滑冰车，打打冰出溜。我们还喜欢放鞭炮，春节前后，陆庄的小卖部有卖鞭炮的，我们兜里没有什么钱，问家长要点，或者等有了压岁钱去买点鞭炮放。买不起成串的,只能买散的,然后点燃一根香,一根一根地放。我家邻居有个小男孩,比我小一点,胆子挺大。一次我俩在门口放鞭炮,出现一个哑炮,我不让他过去,他不听,过去以后,拿脚踩了几下,刚拿起来,突然就响了,结果把他的一只眼睛炸伤了,赶紧去门诊治疗,后来有一段时间他的眼睛上面覆着纱布。没有多长时间他随着父母调走了。这件事情在我的心里留下了阴影,好长时间我见了放鞭炮的就绕着走。

联峰山

东联峰山海拔一百五十三米,是北戴河的制高点,山顶建有望海亭,登亭远眺,北戴河海滨秀丽,风光尽收眼底。联峰山山峦俊秀,林深谷幽,奇石怪洞,比比皆是。各式楼房别墅,掩映在松涛之中,别有情趣。山坡上的别墅红色屋顶、素色墙体、大阳台,在绿色山林的映衬下显得端庄秀丽,据说保存完好的老别墅有一百三十多栋,其中有"张学良楼"等,夏天进不去,因为有人管。冬天我去看过,也进不去里边,只能看看外观。当时年龄小,也没有什么感觉。那时候东联峰山随便去,我们一般爬到望海亭,看看景,休息休息就下山了。下山时,有一条小河沟,我们刨一个小坑,里面一会儿就有了清凉的山水,我们捧起来喝几口,然后洗洗脸,很痛快,现在恐怕没有这么干净的山水了。西联峰山不高,树少一些,有一些大石头，山顶上还有当年日本人修的水泥碉堡。山坡上有一个被称为"老虎洞"的山洞，我们钻进去过，刚进去洞里还算宽敞，再往里就又窄又黑了，据说通大海，我们没敢往里去。听说现在被开发成了景点。山坡上有两块并排的大石头，现在叫对语石，也成了景点。

将军和马齿苋

那是一年暑假，我父亲在北戴河的金山嘴疗养区值班。每天早上起得早就带我去转一圈。一天转到一栋别墅前，只见一位穿军便装的男士，个子不高挺结实，看着就像首长，和他的夫人正在晾晒刚刚挖来的野菜——马齿苋。我父亲马上向首长敬礼，然后又聊了一会儿。我看到别墅的门口晾着不少野菜，心想，这位首长爱吃野菜？我们离开别墅后，父亲对我说，这是位上将，老红军！当时因为年龄小，搞不清楚这是多大级别的首长，但是感觉官挺大。特别有感觉的是，大首长竟然也吃野菜。我问父亲为什么？他说，老首长们从小吃苦，这是他们的优良传统。老首长们让我肃然起敬，通过今天这件事，我牢牢记住了要艰苦朴素！吃苦耐劳！

学习游泳

1966年7月16日，毛主席畅游长江，全国掀起了学习游泳的热潮。原来我们游泳时没有人教，都是戴个救生圈在海水浴场浅处玩。那年就把大一些的孩子组织起来学游泳，由一位叔叔当教练，从憋气、换气开始，然后在沙滩上堆起个沙包，趴在上头练划水动作。孩子们学习快，十来天，就能在海里浅水处游了，到暑假结束时，进行了测试，在深水区男孩子们都能游一千到两千米了，当时学的是蛙泳，这使我们又掌握了一门技能。那些日子我们早晨吃完饭，骑上自行车，扛上钓鱼竿，先在浴场旁边钓鱼，气温高起来以后，就在更衣室里换上泳裤去游泳，快中午了，回到更衣室冲澡更衣，骑车回家吃午饭。到我家离开北戴河前，每年的夏天差不多都是这么过的。

小毛驴

养猪场还养了一匹马和一头小毛驴，有一挂马车和一挂驴车，平时用于拉物品用。马长得高大威猛，孩子们不敢靠近，小毛驴就不同了，让人骑还不踢人，我们大点儿的男孩子经常趁大人不在，拉出来骑着玩儿，它也愿意到处溜达，然后在地上打滚，不玩儿了送回马棚里。有一个半大小子，特别淘气，经常去揪驴尾巴，还打它。一次淘气小子骑上了小毛驴，只见小毛驴朝着旁边的墙上靠去，把淘气小子的一条腿靠到墙上猛蹭，蹭得他嗷嗷叫，他想下来但因为靠得紧下不来。事发突然，等我们反应过来，淘气小子已经被蹭了好几下了。我们冲上去，拉的拉拽的拽，但是没有用。赶紧去叫人，正在上班的职工听到喊声跑过来，拉开了小毛驴，淘气小子躺在了地上，没有力气叫唤了，只剩下哼哼了。我们看到他的裤子被磨了几个洞，皮肤破了渗出了血，扶他起来还能走，看来没有大问题，叫人陪他去门诊看病。当时把我们笑得直不起腰来，没有想到小毛驴这么坏，它认人且还记得住。从那以后我们再也不敢骑也不敢逗小毛驴了。

小喜鹊

我家门前不远处有两棵钻天杨，非常高大，上面有个喜鹊窝。夏天的一天，有只小喜鹊从树上掉了下来，一位工作人员捡了起来，路过我家门口，看到我问我要不要？我看它挺可怜，就留了下来。我在厨房门口放柴草的地方给它弄了个窝，它也不跑，在窝里趴着，我赶紧找虫子给它吃，找水给它喝。它不怕人，渴了到水池边上和人要水喝。一天晚上，我去厨房看它站在灶台上，走近了吓我一跳，小喜鹊没有脑袋，只有一条腿。怎么回事？我用手摸了摸它，它把脑袋从翅膀底下伸了起来，另一条腿也放了下来。原来这是它睡觉的姿势。我怕它被猫叼了去，就在房后的树上搭了个窝，它还真的每天晚上去那里睡觉。一天晚上，听到它喳喳地叫，我赶紧出去一看，一只猫正在树下朝上观望，我赶紧把猫打跑了。小喜鹊不怕人，会飞了以后，它会飞到人的肩膀上，也会飞到手上去吃食。会飞以后，它白天会飞走，傍晚飞回来。讨厌的是它到处拉屎。一天，到了晚上也没有回来，连着几天见不到，我以为它飞走了。一天我路过空勤灶后面的兔子笼时，听到了喜鹊的叫声。我一看，天哪，喜鹊竟然和兔子同在一个笼子里，我赶紧打开笼子把它放了出来，它很快飞走了，据说这是炊事班战士干的。又过了几天，喜鹊又不见了，我又去兔子笼找没有找到，心想，但愿它可以自由自在地去飞吧！

中学时期

北戴河中学

北戴河中学建于1945年，1956年周恩来总理到校视察，1964年郭沫若同志为学校题写校名。"文革"时期，军队对地方实行"三支两军"，我父亲曾任北戴河中学的军训团团长。

1968年春我们上了北戴河中学，不用考试，全都进了中学。因为离家较远，必须骑车半个多小时。

学校正面是教学楼，西侧有一排平房教室，东侧是学生宿舍楼，教学楼后面是礼堂兼食堂，食堂往东是学校的运动场，运动场西侧是主席台，东侧是教职员工的宿舍区。2004年我回去了一次，门卫师傅听说我是三十多年前的学生，就让我进去参观了。教学楼等全部进行了翻建和扩建，更加现代化了，现在是高中学校，教学水平名列秦皇岛市前茅。

从入学到毕业，我们总共上了两年。数学学到了一元二次方程，英语学了二十六个字母和"Long live chairman Mao"，不记得语文课都有什么内容了，只记得政治课的内容挺多的。

上了初中以后，除去周日，每天三顿饭都在学校吃，每个月七元八角伙食费，基本上是两顿饭吃窝头，一顿吃标准粉馒头。夏天熬茄子，冬天熬白菜。从那时起，也就习惯于吃窝头及大锅熬菜了。

军　训

军训大概进行了两周时间，吃住在学校。当地驻军派出了教官，我们班编成了一个排，年级编成了一个连。我们排的教官是个战士。他带着我们每天出操，走队列。这些为我以后当兵，打下了良好的基础。我的个子最高，因而是排头兵。练刺杀，发给我们几把木头枪，排成两队，没有护具，只能练习刺杀动作，"突刺，刺！"……练得浑身是汗。最费力的是投弹，木柄教练弹，投得胳膊疼。我可能掌握得不错，最远投出了五十多米，是全排投得最远的，军训结束时，获得在队前照相的奖励，照片还放到了宣传窗里。当时高中停办了，大学更不用想了。1969年3月发生了珍宝岛自卫反击战，从那时候开始，我想该考虑当兵了！

学 工

1969年，北戴河中学改名为秦皇岛耐火材料厂北戴河"五七"中学。当年夏天，我们初三年级到耐火材料厂学工劳动。我和一位男同学分到运砖班，就是把刚刚压好的耐火砖坯，装好车，运到烧砖的炉子前。三班倒，白班8—16点，中班16—24点，晚班0—8点，每周一换班。我们学工共两周时间，我上了一个中班，一个晚班。我们的班长是位五十来岁的老师傅，姓杨，还有一位副班长是年轻的工人师傅。杨班长和副班长各带着一班，我跟着杨班长。老杨师傅和蔼可亲，对我们学工的学生耐心又关心。我干的活儿不复杂，就是装车卸车，虽然累一点，但是对于我倒不算什么。难受的是没有上过夜班，熬夜挺难受。白天宿舍里没有什么人，挺安静，但是却睡不踏实，似睡非睡。上中班还凑合，上夜班就难受了，上眼皮打下眼皮，迷迷糊糊的。一次，我实在坚持不住了，找了个角落就睡着了，老杨班长知道我睡着了，没有叫醒我，等我醒了也没有批评我，只是安慰了我几句。还有一次上大夜班，困得迷迷糊糊，结果装车时把几块砖坯碰坏了，还没有发现，早上要下班时，被接班的副班长发现了，刚说了我几句，就被老杨班长制止了，耐心地教育了我，从那以后我再也没有损坏过砖坯。晚上12点，食堂有夜宵，固定就是清汤面。每次我都是提前一点去，但是都要等，我们就把饭盆放在桌子上，面条煮好以后，炊事员把每个碗里盛好，然后每人交钱拿夜餐。一次，我急急忙忙拿了夜餐，刚坐下吃，一个师傅告诉我拿错了，我很快吃完，洗了碗找那个师傅换过来，原来我俩的碗是一样的，我忙道歉，我看出来那个师傅不高兴，但是也没有说什么。不过从那以后我就不急着买夜餐了。

学 农

学农从小学就开始了，夏天拔麦子，不知从何时开始，割麦子改成了拔麦子，把麦子拔起来后，用脚底把根上的土摔下来，两人要分开一点，不然会把旁边的人甩得浑身是土，差不多了，打个要子捆起来，往地上一蹾就行了。天热浑身是汗，手上磨出了泡，体会了什么是"粒粒皆辛苦"。冬天"起猪圈"，这是一个体力活，要把猪圈里的冻粪用镐刨成大块，然后用铁锹甩到猪圈墙外，当时我也是小伙子了，个子不小，但是力气不足，累得浑身疼。还干过修水渠等农活，我最怕的是挑水和抬土的活儿，肩膀压得受不了，干活的姿势挺难看。好在每次时间都不长，能够坚持下来。到村民家里去宣传，盘腿坐在土炕上，端起黑黑的瓷碗喝水，别有一番感觉！

毕 业

我们是1969届初中毕业生，但是到了1969年底我们才匆匆忙忙地考试，然后毕业。学得不多，考试也简单。我记得政治考试题是"一好"和"四好"的关系。那时我父亲已经到北京报到上班了，我有一些走神，结果只考了个及格，还有点不服气。好在我们1969届毕业生，没有像"老三届"那样去插队，基本上都分配了工作。

1970年1月，我们全家五口人，坐着一辆大卡车，带着几个普通木箱的行李和两辆自行车，来到了北戴河火车站，离开了北戴河。

我的童年和少年是在北戴河度过的，那时虽然物资匮乏，但是我感到的是幸福和快乐，也许是"少年不知愁滋味"。现在回想起来，我非常怀念北戴河的那山，那海，那时候的人与事！难忘我的北戴河岁月！

心向往之 一见倾承
——我的家乡承德

卢亚男

谁不说俺家乡好
承德承载了我青春的记忆

时间过得真快,来北京已近二十年了……

我生完孩子后,父母就在这边帮我带,所以其间很少回老家承德。但随着孩子越来越大,老人也越来越想家,觉得帮助我把孩子带大了,应该回老家看看了。其实家里多年不住人,回去免不了一顿收拾,我是不想他们回去的。经过和老公的讨论,还是决定遂老人的愿,让他们过自己喜欢的生活。

父母回去后,我又有了家的牵挂,总担心他们有什么不便。其实我们家姐仨都孝顺,自己的生活也不错,父母也是同龄人羡慕的对象,唯一就是喜欢老家的生活。记忆中的老家,是爸妈忙碌的身影,是和二姐的嬉戏,是大姐做的美衣,是在田间地头望着云朵飘动的快乐……

我的家乡承德，原是一个名不见经传的小村庄，因皇帝避暑而闻名天下。这里拥有中国最大的皇家园林——避暑山庄；这里拥有最大的皇家猎苑——木兰围场。这里山川秀美，景色宜人，尤其是盛夏时节，不少游客纷纷前来旅行，小住时日。

现在有高铁，从北京出发五十分钟就可到达承德站，记得我刚来北京时，要坐四个半小时的绿皮火车，相对于现在的高铁，那时候最快的绿皮火车也慢得像是在爬行。

在绿皮火车上，似乎大家的时间都特别不值钱，闲聊、嗑瓜子、睡觉、看窗外的风景才感觉是绿皮火车上要干的正事，连心事都不用去想，打发掉闲散的时光才是最美妙的。

车上那种烟味儿、食物的香味儿、邻座身上的汗味儿，还有一些乘客的脚臭味儿，混杂在一起，无法描述的心情，却又无可奈何只能笑笑调侃下的状态，这些都是那些年绿皮火车带给我们的回忆。

我不知道别人怀念"慢火车"是在怀念什么，但是有一点是可以肯定的，伴随"慢火车"的是"慢时光"，是慢时光里窗外的风景，是即将抵达远方目的地的那种闲暇时候的享受。想想觉得：青春真好！

是故乡更像是新朋友
承德承载了我满满的自豪感

去年暑假我带闺女和侄子回了趟承德老家,一是看望父母,二是让他们了解我成长的地方。

第一次乘坐高铁回承德,两个孩子还沉浸在出游的兴奋中,我们就已经进入承德境内,列车广播开始介绍承德:承德位于河北省东北部,河北省辖地级市,全市行政辖区面积三万九千五百一十一点八九平方公里。承德具有"一市连五省"的独特地理位置优势,是国家甲类开放城市,中国普通话标准音采集地、中国摄影之乡、中国剪纸之乡。

作为一名承德人,当然要知道"承德"这个名字的由来!我向孩子们介绍起来。承德原为承受德泽之意,据考证,"承德"一词最早见于《尚书》中的《周官》篇:"六服群辟,罔不承德,归于宗周。"大致意思是说各地诸侯无不承受周王的德泽,归于周的王都。在这里,"承德"一词意为承受德泽。"承德"最早在清代作为地名使用,是雍正皇帝为感念康熙隆恩,特在康熙八十岁诞辰时,改热河为承德,取意为承受德泽。

到达承德北站,新城的高楼大厦映入眼帘,我还真有些不适应,承德不再是我记忆中的模样,她也与时俱进、日新月异，以崭新的姿态展现给世人，天蓝地阔水清人更美。她如同耐看的美人，内敛不张扬且越看越有味道。

承德之美，在她的气韵。她四季分明，气候宜人，而且生活节奏慢，绝对的宜居城市。承德之美，在她的交汇融合。在不少游客固有印象中，承德只是夏季避暑的好去处。即使是承德人，曾经我也肤浅地这样认为。其实，承德区域内几乎涵盖了除海洋的各类旅游资源，森林、沙漠、草原、山水、温泉、丹霞地貌等风光交汇融合。随着全面建设"国家全域旅游示范市"进程加快，承德已经可以春看花海、夏避酷暑、秋赏红叶、冬玩冰雪泡温泉，全域都是景、四季皆能游。

今年，由中共承德市委、承德市人民政府在首都北京主办了多场新闻发布会，多维度、矩阵式宣传承德。"心向往之、一见倾承""这么近　那么美　周末到河北"；热情的承德以最饱满的姿态向全国乃至全世界敞开怀抱。

深入骨髓里的骄傲
避暑山庄是我大承德人的后花园

说承德，绕不过的话题就是闻名遐迩的避暑山庄，仿佛不是承德有个避暑山庄，而是避暑山庄让全国乃至世界认识了承德。史料记载，确实也是先有避暑山庄后有承德市区。避暑山庄在市中心，而不像其他城市景区多在郊外,这也是这个城市与众不同之处。而且,承德城区不大,城市建筑均围绕"避暑山庄"而建。

"避暑山庄是我们的后花园",于承德人而言,避暑山庄是承德人深入骨髓里的骄傲。

避暑山庄,又名"承德离宫"或"热河行宫"。始建于1703年,历经清康熙、雍正、乾隆三朝,耗时八十九年建成,是清政府与外国使者、边疆少数民族会晤场所,也是除了北京清朝的第二个政治中心。每每徜徉在避暑山庄风景优美的园林中,想象到几百年前,外来使者不用长途进京在此就能与清政府会晤交流,一切复杂的政治目的竟化为幽静园林中的一团和气,不由得感叹康熙大帝的外交智慧!

避暑山庄的美这里就不多言了,世界文化遗产、国家AAAAA级旅游景区、中国四大名园之一,众多美誉傍身的避暑山庄实至名归。当然再多的文字也无法记录她的美,希望你们能有机会近距离感受她的美,一定会不虚此行、流连忘返。

这里我想说一个小插曲,是避暑山庄带给承德人的"小烦恼"。每至旅游旺季,因避暑山庄享誉世界的承德都会拥入大量国内外游客,市区"堵车"也就开始了。这时候,山庄路,武烈路,东、西大街,南营子大街这些城市主干道简直是寸步难行。承德人都不得不避开高峰、错峰出行。这个时节,电动车成为市民的首选交通工具,加之承德作为山城路面不平多缓坡，这些交通工具就更显便利了。于是这时候大街上我们就看到一个有意思的现象——小汽车都堵在路上干着急，灵敏的电动车自由穿梭。不过，堵车也是痛并快乐的事，因为旅游旺季各行各业生意都红火兴旺，承德人的腰包都鼓鼓的。疫情三年没有了"堵车"的烦恼，可看着空旷的大街承德人却高兴不起来。

"避暑山庄是我大承德人的后花园"，这句话被每一个承德人津津乐道，那美滋滋的骄傲溢于言表。避暑山庄门票实行淡旺季两个标准，淡季九十元、旺季一百二十元，但我们承德人只要花五十元办理年票，就可以天天入园沾皇家之气。于是，你会看到这样一个有意思的现象：承德人晨练，去避暑山庄逛一圈；开心或不开心了，也去避暑山庄逛一圈。转完山庄，绝对会心情愉悦，忧愁尽散；开心时更是要山庄一小游。逛山庄，已经成为承德人生活中重要的仪式。

有避暑山庄，承德人着实是幸福的。

穿城而过的老火车
活在承德人记忆中的汽笛声

在承德，有一条铁路，它自东向西穿过承德市区，喷吐着烟雾的蒸汽机老火车在承德最繁华的市中心穿城

穿城而过的老火车

而过，一路呼啸，烟雾腾绕，永远留在了老承德人的记忆里。

记忆中，每每冒着黑烟白雾的火车经过闹市，两旁的人们唯恐避之不及，母亲们更是牢牢地抓着淘气孩童的手。火车很慢，缓缓开过，开出了很远可那空气中的煤烟味却迟迟不能消散。记忆中，那时候铁路两边都是黑色的，甚至承德的天空大都也是乌沉沉的。火车经过，留下一地的煤灰，有的人家把煤灰和土的混合物铲起来装到袋子里，回家以后和上水弄成方块，晾干了之后还能继续放炉子里烧，一年能省下不少的煤钱。会过日子的承德人就是这样苦中作乐般地与老火车和谐相处着。

后来了解到，这条铁路最早可以追溯到侵华时期日军主持的锦古铁路，铁路自锦州至古北口途经承德，一度成为沟通关内外的重要通道。后来于1946年停运而一度废弃。1953年恢复了承德至锦州段，并且废弃了承德至古北口区间的线路，改为重新勘测修建京承线，而废弃的承古区间则诞生了这条承钢专用线——承滦铁路。1958年重新修复通车的承滦铁路长二十一点六公里，西起承德站，东至滦河站，担负着承钢的运输任务。铁路自滦河站满载货物而来，接着穿过整个市区，在穿越过程中分别与于家沟路、南营子大街、东兴路、竹林寺街、武烈路五条城市主次干道相交，将整个市区双桥区一分为二，并最终沿着武烈河铁路桥进入承德站。

老火车每天穿城而过，一路呼啸，为这个城市的发展鞠躬尽瘁，它见证了承德的一步步发展，它的气息也融入了大街小巷。可是随着时代变迁和城市社会经济的发展，它终究还是显得不合时宜。它不见了，取而代之的是耸立的高楼，整洁的街道和人来人往的二仙居商业街。

现在回想起来，对于那个时候的承德人来说，每天等火车、看火车，看着那远去飘散的烟雾，听着那响彻云霄的汽笛，仿佛这才是生活。即使现在，每当在二仙居商业街闲逛，总感觉一回头就会看到老火车徜徉而来；每每走在武烈河上依然存在的铁路桥，我也总会浮想联翩。那穿城而过的老火车早已不见了踪影，可为什么感觉它还在呢！

山城与皇家的完美交融
任性又独具特色的地名文化

承德地名多是"沟""庙""营""胡同"……总感觉有点土,与拥有皇家园林的城市反差太大,有莫名的违和感。后来,越了解这里,越发现这些地名与这座城市竟然高度地契合,完美交融!

承德是一个山城,山城沟多。细数起来,就像相声"报菜名"一样:有头道沟、二道沟、三道沟,石洞子沟、牛圈子沟,大老虎沟、小老虎沟,大榛子沟、小榛子沟,大佟沟、小佟沟,马家沟、温家沟,小溪沟、流水沟,狮子沟、水泉沟……每一条沟里都藏着一个神秘的故事,城市的街道就顺着这些山沟自然形成……

承德旧称"热河",雍正十一年(1733),雍正取"承受皇祖德泽"之义,始称"承德"。因为与皇族渊源极深,承德的很多地名也都贵气十足。比如常王府、佟王府,戚道尹胡同、上乘轿胡同、太医院胡同等,从名字就能大抵猜测这些地方是以清朝王公大臣、地方官员的官府以及其活动地点而定名的。在这类地名里,很遗憾的没有留下和珅、刘墉等历史人物的宅邸,作为历史文化名城,不能不说是一个遗憾。江南那些历史古城,经常有历史人物的故居和府邸,文化的厚重一下子就显现出来了。

现在的城市中心——南营子大街，曾经路东是清廷官员的集中居住区。当年有舒、钟、蔡、富、苏、陈、冯、张几大姓的满族八旗人家或内务府官员在此居住。其中多数属于大家族，虽然各家都有自己的宽敞四合院，但却混居在一条胡同里，不好以哪一家命名，于是用南营子的头条、二条、三条、四条、五条和半条胡同来区分定名。

作为曾经的皇家圣地，承德寺庙很多。以寺庙祠堂、宗教活动地址而定名的地名也是一大特色，如高庙、城隍庙、文庙、武庙、火神庙、财神庙、山神庙、酒仙庙、药王庙、龙王庙、忠义庙、三义庙等。遗憾的是，过去承德市区一百三十多座寺庙，在历年的大拆大建中，多被拆毁，百庙之城的寺庙所剩无几。

承德在清代是一座耀眼的城市，工商业迅速发展，酒楼商店，鳞次栉比。以商家铺号名而定名的地名，如义泰兴胡同、永兴隆胡同、聚盛永胡同等；以经商种类或按某一种行业相对集中、多家门店居于同一街巷而定名，如粮市街、草市街、马市街、皮袄街、板棚街、油店胡同等。听着一个个地名，不难想象当时的城市是何等的热闹繁华。

富家沟曾经住过"满洲八大姓之一"的富察氏后人，因而得名；二仙居南陕西营曾是清朝陕西籍绿营兵兵营所在地，故得名"陕西营"；二道河子居住过厄鲁特蒙古达什达瓦部官兵，那里就叫"蒙古营"……一个个地名都是曾经历史的记录和印记。

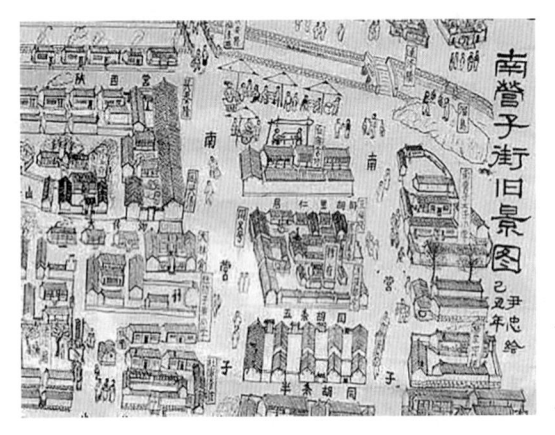

有"承德活地图"之称的尹忠老人（已故）画的承德旧景

年年岁岁
不忘那家乡味道

  身在异乡，吃遍南北蔬菜，却唯恋自家园子中的大白菜。那新鲜劲儿以及那些源自心底的温暖记忆，总是清晰地萦绕在心头。记忆中，家家户户都会在自家的自留地里种大片的大白菜，所以秋收大白菜简直是个节日。搬运一棵棵结结实实，足有几十斤的大白菜，爸妈总是笑得合不拢嘴。乡亲们谈论的话题也是，你家收了多少斤，品种有多好，这是为来年选种做准备呢。

  何谓佳肴，纵清欢百味，不抵一缕粽香。记忆中，每到端午节，妈妈都会早早泡好一大盆大黄米，坐在小板凳上，将青翠欲滴的粽叶卷个锥形握在手中，再轻柔地抓起一把金黄的米撒在里面，还要按几颗小枣，那动作真是行云流水，原本嶙峋的手此刻异常灵活，仿如钢琴键上跳动的小精灵，动作也早已随岁月深深地印记在灵魂上。粽香在黄昏爆发，像三月的闷泉，白雾遮挡了视线，却也让粽香弥漫了厨房。轻咬一口糯米携着清香在舌尖爆发，直冲大脑。

最喜欢家乡的冬天，因为没有了农忙，打工的家庭主力都回乡猫冬了，最重要的是腊月里定亲结婚的、正月里办寿的大席特别多，这家吃那家喝，好多天也不用自己家开火做饭。农村的大席，厨房真是大，菜量也大，但哪桌也吃不了，我就喜欢吃下顿——杂七杂八的菜放一起，我们那里叫折箩饭。那时的快乐很简单，一顿折箩饭就很满足，吃的时候总感觉能挑到宝。现在大鱼大肉的，总想挑菜吃。

小时候的零食很少，最爱吃的就是爆米花。爆谐音饱，寓意温饱，听着名字，谁家不愿意图个好彩头呢？约莫玉米晾干的时候，爆米花师傅就会在路口摆好灶炉，在灶炉上架上黑乎乎的爆米罐。让人感到神奇的是，一粒粒玉米粒在爆米罐里转了数圈后，师傅用脚一踩，只听"砰"的一声巨响，烟气飞扬，爆米花就炸进口袋里了。我们最害怕又是最喜欢那一声"砰"的声音，害怕是因为那巨大的声响，喜欢是因为总有些"漏网之鱼"散在四周，然后我们会抢着捡起来塞进嘴里。冒着热气，白白胖胖的爆米花融化在齿间，真是又甜又香。

高碑店豆腐丝
刘　霞

冯晓泉、曾格格的歌曲《高碑店的豆腐丝》："说起它有历史，汉代就飘香味儿，尝上那一两口，香香的真勾魂儿。清朝它进过宫，现在又出了国门儿……"

八百里太行蜿蜒起伏，山脉连绵不断，自古以来人们就在这里繁衍生息，孕育出灿烂文化。在太行山以东，华北平原北京到保定之间有一座小城——高碑店。大清河是高碑店的母亲河。千百年来，高碑店人枕河而居。大清河河水静静地流过原野，滋养着两岸勤劳朴实的人民，也滋润着沿岸春夏种植的大豆。聪慧的高碑店人因地制宜，就地取材，让一粒粒饱满的豆子摇身一变变成了一根根清香的豆腐丝，守护着一代又一代人的味觉，伴随着一代代高碑店儿女成长。

从汉代起，高碑店一带的人们就开始制作和食用豆腐。随着佛教的兴起，佛门的人吃斋食素风行，豆制品很受欢迎。相传在北宋时期，萧太后率兵驻扎在高碑店，当时萧太后特别爱吃高碑店人做的豆腐，特别是一个龚姓人家做的豆腐。后来萧太后回到幽州，还是对高碑店的豆腐念念不忘。高碑店人就想了一个办法，把豆腐切成片压成丝然后送往皇宫。萧太后大加赞赏，就这样形成了当时的高碑店豆腐丝。晚清时慈禧太后去西陵祭祀途经高碑店，吃到豆腐丝觉得味美可口，立即封为宫廷御用珍品。于是，高碑店的豆腐丝名气大增。

千百年来，高碑店豆腐丝由于用料考究、工艺独特、质地纯正、味道鲜美，成为独具特色的地方风味。高碑店豆腐丝采用大豆为原料，经筛选、浸泡、磨浆、煮沸、除渣、凝固、压片、切丝、卤煮、捆把，再配以卤煮过的茴香、肉豆蔻等调味配料精心制作而成。它色泽乳白、丝条齐整、条股柔韧、香味醇正、食之筋道、咸香可口，最宜佐酒下饭。一把捆好的豆腐丝摔打不掉条，揪一根下来用火能点燃。吃法多种，开袋即食，可凉拌，可炒食，可涮火锅。

在生活物资匮乏的改革开放初期，高碑店街头几乎到处可见推着独轮车或自行车吆喝着卖高碑店豆腐丝的。那时，高碑店豆腐丝为附近百姓餐桌上的美味佳肴。到了21世纪的今天，大街上卖豆腐丝的很少见到了。20世纪80年代，传统手工工艺及作坊式经营模式逐步走向没落。为继祖兴业，高碑店人于90年代初把传统手艺与现代化生产工艺相结合研制出最先进的保鲜技术，传承了正宗的高碑店豆腐丝。与此同时，冷链物流配送也扩大了豆腐丝的销售半径。目前，各类产品也在逐步精细，以保存期限分类，有七天、三十天不等，可以满足多样化市场需求。小小豆腐丝走出高碑店，走向全国乃至全世界。

现在，高碑店各个村镇的平常人家里依旧有很多做豆腐丝的传统匠人。在他们的作坊里，几十年的手工老磨依然不知疲倦地慢慢打着圈圈，一口手推风箱的老灶台前的主人换了一拨又一拨。老师傅们对这个传统工艺不敢有丝毫懈怠，对每一项工艺严格遵守古法，一丝不苟几近完美。日复一日，年复一年，尽管岁月斑驳了他们的双鬓，热气熏蒸了他们的双眸，但他们坚守的是那份永不磨灭的情怀，就像歌词里唱的那样："高碑店的豆腐丝儿，乡音乡情香喷喷儿，代代相传的真本事儿，透着那精气神儿……"

前世今生话白沟

刘 霞

说起白沟这个地名,有些人陌生,有些人熟悉。没有听说过白沟的人很多,因为它只是一个小镇,相比起那些国际闻名的古镇,的确不显眼;听说过白沟的人也很多,因为它有"中国箱包之都"的美誉,是北方经济发展的明星小镇。你可能没有到过白沟,但一定用过白沟生产或者销售的包包。白沟其实除了现代经济发展出色,也的的确确是个有着悠久历史的千年古镇。

历史传承

白沟地理位置优越而且十分特殊,西南临白沟河,与雄县、霸州成掎角之势,是兵家战略要地。《晋书·载记第十一》:公元307年,后汉遣石勒犯东晋,晋将刘琨据白沟抵御。郦道元的《水经注》:"督亢水又南,谓之白沟水。"五代后周显德六年(959),周世宗率军伐辽,收复了位于今天雄县的瓦桥关和霸州的益津关,并以白沟河为界与辽划分界限。自此，从宋辽到明清一千多年政权更迭王朝易帜，多次战争也都发生在白沟，而最为著名的要数靖难之役中白沟河之战。朱棣起兵，在白沟河与建文帝发生激战，击溃李景隆率领的平叛军队。白沟河之战是靖难之役的决定性战役，使之终于1402年登基。

白沟地理位置优越，在战争年代为兵家必争之地，在和平时期又是商贾云集之所。战争停息了，老百姓就开始做生意，因紧傍白沟河而得水运，地处京津保三角腹地而得陆运，成为中国北方重要的交通要地，也创造了商贸的持续繁荣。宋代，白沟河河阔水深流量极大，为其水上商旅活动提供了先天的优势。明成祖朱棣迁都北京，白沟成为京城通往南方各省的交通枢纽。改革开放之后，白沟又成了北方小商品集散中心，又在此基础之上发展出享誉国内外的箱包产业。

民间传说

千年岁月为白沟积累了浓重的历史文化气息。白沟这个名字的由来有多种说法，其中"白狗护卫"这个传说在老百姓中口耳相传。古时白沟这地方，盗匪蜂起，民不得宁。玉皇大帝就派两只神犬下界，镇守白沟。两神犬一黑一白，守于进出古镇的必经之地干石桥。据说当年干石桥洞壁两侧俱刻一神犬图像，前爪捧天书一部，目光灼然，神采飞扬。自有神犬之庇护，白沟一方，年年风调雨顺，百姓安居乐业。然而二犬中，白犬温和而黑者暴躁。日久，黑犬自居有功，又思未得回报，则肆虐施威，降祸于民。民畏其威而忍其虐，唯顶礼膜拜而已。后来玉皇大帝派员巡视，暗访二犬行径。闻奏，盛怒，降旨召二犬回天庭述职，黑犬二更回，白犬三更复。二犬得旨，于夜相商，白犬语黑犬曰："帝命难违。二更鼓敲矣，汝先行，吾待三更鼓敲继至。但愿帝恩浩荡，准我等以功补过。"二犬对话，正适二更夫从桥上经过，闻之甚详。二更鼓响时，但见黑云起于桥下，黑犬腾云而去，二人惊诧不已。念二犬多年来有恩于白沟，且虑及只消一个时辰，白犬亦去，从此白沟民苦矣。二人遂商，越过三更，两个时辰后

白沟公园的白犬石雕

直接打四更鼓，能留下白犬也是大好事。白犬不闻三更鼓响，不敢擅离职守，民亦时焚香敬祷，祈帝恩准白犬留守白沟。自此，白沟不打三更鼓，二更过后，一直等两个时辰，就打四更。相沿成习，竟成一方之俗。当地百姓为记住白狗护卫的恩德，遂把它们住的地方名曰"白沟"，为"白狗"音之转也。现白沟公园立有石雕白犬即依此说。

民俗文化

白沟泥塑是白沟民俗文化的重要标志。白沟泥塑俗称白沟泥娃娃，于清乾隆年间出现，已有三百多年历史，2006年入选河北省第一批非物质文化遗产。最早起源于镇西的北刘庄，从数家糊口之末技，到风靡一方之特色手工艺。到清朝末期，白沟的南刘庄、北刘庄、辘轳把等村，几乎家家以此为业。古镇街干石桥段渐次形成别具特色的泥人市场，产品远销华北及东北各地。泥人的制作要求工艺技巧很高，土一般选用带些黏性又细腻的，经过捶打、摔、揉，有时还要加些棉絮、纸或蜂蜜。模制程序分制子儿、翻模、脱胎、着色四步。白沟泥塑素有"三分塑，七分彩"之说，所有泥塑均用大白粉打底，色施彩绘。色彩注重大块面渲染，适当保留空白，上色后用墨线勾勒纹饰，开脸。表现题材极为广泛，多取自民间剧目《天仙配》《白蛇传》等。无论两人或三人都出自一个模子，形

白沟泥塑

成"连体式",人物与人物之间不留空隙,便于翻模而且保证了泥胎的强度。白沟泥塑没有固定的尺寸,凭自己的感觉做泥塑,大可近尺,小不盈寸。从戏曲人物人生百态到动物花鸟的艺术风格,白沟泥塑充满了浓郁的民族特色与纯真的乡土气息。

地方美食

白沟小吃很多,白沟人尤其善做黄米面的小吃,其中有炸糕、炸千子等。白沟的炸糕是用黄米面和豆沙做成圆饼,过油炸至金黄而成。白沟炸糕的特点是色泽金黄,甜香酥脆,糯而不粘牙。

高碑店的豆腐丝享誉全国,但要论豆腐却还是白沟的更胜一筹。白沟豆腐的特点是软嫩韧,尤其以辘轳把村的豆腐最佳。白沟豆腐最大的特点是可以炸成完全中空的豆腐泡，新炸出的豆腐泡呈现圆球形，内部中空，可以配合各种炖菜食用，十分入味。

要论当下最火的小吃非高桥火烧莫属。火烧是北方地区常见的一种面食，但不同地方的做法和口味又有着很大的差异。白沟的高桥火烧是肉夹馍的一种，其特点概括起来就是"咸香脆"。首先是猪肉的咸香，高桥火烧用的是数十年的秘制老汤，十七种调料入味，铁锅熬制不熄火。其次是馍，也就是本地叫法的火烧，先是在饼铛上烙至半熟，其间要刷上炖肉的油脂，然后放入火炉的炉膛内烤至酥脆，新出锅的火烧加上剁碎的炖肉，饼的焦香和猪肉的浓香完美融合，口感肥而不腻、瘦而不柴。

未来发展

随着2017年雄安新区的成立，白沟的区位优势更加凸显。白沟与雄安新区仅一河之隔，距离雄县、容城和安新距离不到二十公里，交通十分便利，可以承接雄安新区的配套经济发展。相信未来随着雄安新区的发展，白沟将会迎来更加广阔的发展空间。

中国古代的科考舞弊案
徐定茂

中国古代对于科考舞弊案的处理是十分严厉的，其严厉程度可能仅次于谋逆。舞弊者无一例外地被砍头，涉案的考生有的处罚杖一百，有的戴枷三月以示众，有的发配边疆充军，剥夺功名，终生不得为官。

一

中国自隋代起就有科举考试。在实行科举之前，夏、商、西周采用的是"世卿世禄制"。到了春秋战国时期为了富国强兵、选拔人才，就又有了"军功爵制"，并由此演化到朝廷选拔官吏所采用的"察举制"。简单地说，"察举"就是先由地方官员在自己的辖区内举荐后备干部报送中央，再由上级组织部门通过考核试用后颁布任命。

事实上无论是"军功爵制"还是"察举制"，本质上仍同"世卿世禄制"相仿，主要还是注重出身门第，被提名任命的基本上为"官二代"，平民百姓几乎没有什么机会被委以重任。例如韩信，虽有夏侯婴和萧何的推荐，但因早年"常从人寄食"，所以刘邦始终不予安排要职，使之甚至准备"既然功名无我份，情愿老死在淮阴"了。

二

综合国力的竞争就是人才的竞争，所以选拔安邦之才是历朝历代统治者都十分重视的问题。隋炀帝创办了科举制度，用"科举"来替代"察举"应该说是一个大进步。阶层流动自此顺畅起来，它为平民百姓提供了机会。"书中自有黄金屋"，出身贫贱之人只要有真才实学，都可能通过考试而入府当官。因而"男儿欲遂平生志，六经勤向窗前读"，通过读书而出人头地成为千百年来寒家子弟的唯一梦想。自此，从隋大业元年（605）进士科的创办到清光绪三十一年（1905）废除科举，共选拔出十万名以上的进士和百万名以上的举人，其中亦有不少才华横溢的人物。例如范仲淹，家境贫寒，划粥割齑，然而就是靠科举彻底改变了人生。他提出的"先天下之忧而忧，后天下之乐而乐"的思想对后世影响深远，在历史上留下光辉的一页。

不过有的考生一旦遇挫，就会产生"走捷径"的念头。传唐开元八年（720），王维入京应试，结果落榜。王维不仅能写诗歌，还工于书画，精通音律。于是就怀抱琵琵设法进入王府，找机会在一次酒宴上为玉真公主弹奏。玉真公主是武则天的孙女、唐睿宗李旦之女、玄宗李隆基的胞妹。主动结识玉真公主，自然是希望为今后发展奠定基础。果然到了开元十九年（731）时，王维状元及第。至于玉真公主在其中究竟起到了什么作用，也就只能是任由大家推测了。

但也不是所有"有才之士"都是如此的"顺风顺水"。例如唐寅，因为是解元，会试后又口吐狂言，终遭严查，后判为连坐而被削除了仕籍。唐寅，字伯虎，江苏苏州府人士。明弘治十一年（1498）在南京参加应天府戊午科乡试中取得第一名的好成绩，即为解元。第二年正巧就是大比之年，唐寅在入京赶考的路上遇到了乙卯科的四十一名举人徐经，于是同船而行，抵京后也是住在一起。三场过后，唐寅得意非凡，便张口言道，"我必是今科会元"。然而，祸从口出。这次的主考是一个叫程敏政的礼部右侍郎。程敏政在十岁时即以神童名义被推荐出来，下诏就读翰林院，明成化二年（1466）中一甲第二名进士，是一位学识渊博的人。而有学识的人往往喜欢处处显示学问。在明《国史唯疑》卷四中记载，"程敏政会闱发题，用刘静修《退斋记》为问，时罕知者。徐经、唐寅坐是得祸"。就是说程侍郎在会试策问中用《退斋记》里的典故给考生们出了一道"时罕知者"的怪题，结果使得唐寅"坐是得祸"。

《退斋记》的作者叫刘因。刘因，字梦吉，号静修，是元代的一位诗人、理学家。刘因只是在《退斋记》里阐述一下自己的观点而已，在当时并没有什么影响，所以众多考生"时罕知者"，甚至都不知道考试题目的出处，自然无法写出文章来，也有的考生干脆就交了白卷。科考本身就是作文章，是没有标准答卷的。任何人也不敢说自己"必售"，更何况是考取第一名呢。在别人交了白卷的情况下，唐寅又根据什么说自己"必是今科会元"？于是有个多事的给事中华昶以程敏政向徐经、唐寅"卖题"为由进行实名举报。明孝宗命人查明此事，经调阅了试卷后发现，无论唐寅还是徐经，其实都不在中榜的名单里，更不用说是什么"今科会元"了，程敏政"卖题"的说法子虚乌有。只是考虑到涉及科考舞弊影响往往较大，为了平息舆论，有关部门又安排锦衣卫出面详查。最后查出徐经确实曾携金拜访过程敏政，而唐寅又是在明知程敏政就任主考官的情况下请其为个人诗集写序。明孝宗朱祐樘一向为人宽厚仁慈，至此就不愿继续深究了。最后的处理意见是徐经作弊行为成立，唐寅连坐，二人削除仕籍，贬为小吏，不得为官。程敏政的合谋作弊问题查无实据，但失察行为成立，安排退休。而华昶因举报不实，也受到了贬职降薪的处理。

三

胤禛可不如朱祐樘那么好说话了。清雍正十一年（1733），河南学政俞鸿图来许州主持秀才考试。试前俞鸿图曾安排人员在考场四周值班，以防材料传递等作弊行为出现。不料当时任提调官的是临颍县知县贾泽汗，贾把在许州开设的一个油铺作为站点，通过各种关系从油铺往外叫卖秀才名额。为了获得考题，又贿赂了俞鸿图的一个小妾及仆人共同作案。先是由小妾将偷偷抄好的考试材料贴在俞鸿图的官服内，俞到了官府后，由仆人伺候着脱下来时马上撕下来传出去。买卖秀才名额的事不久就闹得满城风雨，但俞鸿图本身并不知情，所以根本也没往心里去，最后还是河南巡抚王士俊上折子弹劾俞鸿图。雍正帝对此十分重视，派出了户部侍郎陈树萱前往河南共审此案。后经查实，购买秀才的考生有二十三名，随后又有投案自首的考生二十四名，至此共卖出秀才名额四十七个，收取了万余两贿银。俞鸿图虽不知情，但也不得不承认"身边人"所犯的罪行。陈树萱提出对俞鸿图的处理意见报送雍正，"雍正十二年（1734）三月，刑部议奏参革河南学臣俞鸿图受贿营私，应拟斩立决"。雍正帝在上面批示，"未料俞鸿图负恩至于此也"。

到了嘉庆年间又出现了傅进贤窃取他人考卷案。见

263

《暝庵杂识》，"嘉庆戊午，湖南乡试。有富家子傅进贤贿藩胥，割卷面贴他卷。时粗拟名次，久之，所贴卷竟中解元。先是汤阴彭莪为举业有名，罗典主讲岳麓书院，雅爱重之，闱后呈所作，罗决其必售。榜揭，无名，方甚婉叹。及见墨卷，彭作具在，而人则非。大骇，告巡抚。穷治，尽得胥奸利状。傅惧，愿为彭援例请道员，更与万金暨美田宅。亲友关说百端，莪意颇动，典持不可，狱遂具，胥与傅皆论斩"。

不过到了晚清年间，却有一个科场行贿之人因形势变化而躲过了"论斩"，此人就是周福清。周福清，浙江绍兴府会稽县人氏，同治辛未科的进士，曾被钦点翰林院庶吉士，做过江西金溪县知县。周福清有个儿子叫周伯宜，秀才，参加了几次乡试，均告失利。到了光绪二十一年（1895），浙江举行乡试，派来的主考官叫殷如璋，恰好和周福清是同榜进士。此时周氏家族里有人提出建议，大家凑钱，托周福清走走殷如璋的门路，以保周家的几名子弟上榜。周福清虽然知道科场舞弊是大忌，在历朝历代都是严令禁止的，违反者即有性命之忧，但为了自己儿子的前程也就答应了下来。当日便详详细细地写了一封信，附上考生名单及一万两银票，专候殷如璋到来。

浙江乡试是在杭州，而主考官此行必经过苏州。周福清便早早从绍兴赶到苏州等候。几天后，果然看到殷如璋的官船到了，停泊在阊门码头。按照当时的制度，为防舞弊，主考官出京后不得外出会见亲友，也不得接受信函。想到这些，周福清突然害怕了，于是决定叫仆人陶阿顺过去摸摸情况再说。陶阿顺驾一叶小舟，靠近官船并顺利登了上去。时殷如璋正在和前来拜访的副主考周恩熙闲聊，看到陶阿顺，自称是周福清家派来送信的下人。因有客在场，殷如璋不便当场拆阅信件，便随手将信放在一旁并示意陶先回去。陶阿顺见殷只是把信随手一丢，生怕银票有什么闪失，便又说道："殷大人，信里有银票，您得给小的写一个收据。"殷如璋万万没想到陶阿顺会当众把事情挑明，为表自己的清白，立即把未拆封的原信递给了周恩熙，并笑道："请周大人一阅……"

事情发生在苏州，案件即由苏州知府加以审理。于是苏州府衙派人将陶阿顺缉拿归案，书函并银票等证据移交苏州知府保管。周福清在岸边一直等不到陶阿顺回来，明白是出事了，索性撒腿就跑，也不敢回家，直接跑到上海躲了几天。大病一场后又担心家人受到牵连，便回到绍兴向官府自首。苏州知府王仁堪为人厚道，在审理中尽量把大事化小、小事化了。最后王仁堪提出周福清行贿属于"未遂"，同时又有主动投案自首的表现，可宽大处理。于是报请以"犯人素患怔忡"，也就是神经有点不正常为由以图含糊了事。但光绪帝认为，周福清企图向主考官员公开行贿一事已有陶阿顺的口供为证，情节属实。科场舞弊，罪不容恕。于是批为"周福清着改为斩监候，秋后处决，以肃法纪而儆效尤"。

然而随着戊戌变法的失败，光绪帝失去了权力。尤其是庚子之乱后，朝廷上下也顾不及再为周福清"操心"。最后还是在刑部尚书薛允升的救援下，周福清终于获释出狱。然而就在这几年中，为了营救周福清出狱以及还清被充公的万两白银，周家的大部分房产、地产均已卖空，周伯宜也因惊惧并忧愤而病故了，留下三个年幼儿子陪伴着勤劳的母亲在日渐破败的家中艰难度日。这三个少儿就是周作人、周建人和周树人。

四

朱元璋曾提出："科举，天下之公；大臣，庶僚之表。科举而私，何事为公？大臣而私，何人为公？"

我国古代对科场舞弊是零容忍的，这是因为考试的公平影响着社会的公平。一个平民子弟通过自己的努力奋斗而取得好成绩是社会公平的表现，也是社会正常发展的基础。更何况考试的目的就是选拔人才，而人才又是国家之珍、社会之佐。

如今的高考是我国规模最大、参加人数最多的选拔性统一考试。几十年来，高考与个人命运紧密相连，承载着人们对美好生活的期待，成为社会公平开放的一个标志。

然而近几年连续在网上看到了几条新闻，有代表性的是有关山东聊城冠县陈春秀的遭遇。一个普通农家女，在高考的路上被冒名顶替了。与清嘉庆年间的彭莪被富家子弟傅进贤贿赂小吏偷换试卷的手法相类似，陈春秀是被富家女陈艳萍的家人直接从邮政所截取了录取通知书，从而使后者冒名顶替顺利入学。

《中国新闻网》上登载的消息更是令人吃惊，河北省邯郸市大名县一名初中女生居然冒名顶替了经高考而被录取的男子。1993年大名县一中考生王宏伟，男，考试成绩为三百八十七分。而当年河北省专科建档线是三百九十分，王宏伟则选择了复读，次年考入了河北轻化工学院。然而王宏伟无意之中从大名籍老乡会通讯录中发现，河北中医学院93级里有一个女生和他同名同姓。经了解，原来当时建档分数线公布后又降了五分，这就意味着王宏伟的高考分数已超出专科录取建档线，只是他当时并不知情。

后经查明，女生王宏伟真名叫许新霞，大名县红庙乡王家庄村人，1993年不过是一个金滩镇中学初三（3）班的学生。许父开办大型食品公司，还创办有一所民办学校。许新霞的姨父任职县教育局基建科长。

事发后，一中的副校长及王宏伟的班主任均来王家道歉，同时许家也托了多人登门说情，并送上万元作为迟上一年大学的补偿。然而王宏伟始终还是搞不明白，许新霞究竟是如何变成王宏伟的。《北京时间》报道，王宏伟曾到大名县招生办公室查阅有关王宏伟（女）的档案资料时被告知，因当年是纸质档案，所以"查不到。招办不负责保存……"

看到这样的消息，深感震惊。剥夺他人人生，天理难容。这里不仅涉及个人命运问题、社会公平问题，更牵扯到了国家的公信力。高考是依靠知识来改变人生道路的重要途径，其公平公正容不得半点践踏，在这条通往未来理想的光明大道上也同样蒙不得一丝阴影。

当然，考试成绩并不决定人生，考试只不过是人生的一部分。无论是古代的科举还是现在的高考，并不是通往美好生活的"独木桥"。明代李时珍，三次乡试未能及第，最后抛弃了金榜题名的愿望，苦心钻研药理，终成巨著《本草纲目》。高考的结果同样也不能代表一生是否精彩、是否有意义。